12월 31일의 기억

12월
31일의
기억

이토 미쿠 지음 • 고향옥 옮김

푸른숲주니어

차례

아키는 계단을 쿵쾅쿵쾅 뛰어 내려가며 교복 소매에 팔을 꿰었다.

"저것 봐. 또 놓고 가지."

곧장 현관으로 달려가는 아키를 향해 엄마가 소리쳤다. 아키는 아무 말 없이 엄마한테서 도시락을 받아 들었다.

"고맙다는 말도 안 해?"

"귀찮으면 싸지 말든가. 편의점에서 사 먹으면 돼."

"그런 말이 아니잖아, 엄만."

"늦었어."

아키는 엄마 말을 싹둑 자르고 현관문을 벌컥 열었다.

"오늘은 괜한 데 돌아다니지 말고 곧바로 집에 와. 알았지?"

아키는 등 뒤에 달라붙는 엄마 목소리를 무시하고 곧장 바깥으로 나갔다. 말하지 않아도 안다고! 입속으로 이렇게 중얼거리며 자전거에 올라탔다.

고등학생이 되면서 가장 귀찮아진 것은 급식이 없어졌다는 거다. 아침마다 엄마와 넌더리 나는 말을 주고받으면서 도시락을 챙기는 일이 몹시 성가셨다. 자전거 바구니에 던져 둔 도시락을 보면서 한숨을 푹 내쉬었다.

학교까지는 자전거로 약 이십 분이 걸렸다. 주택가를 빠져나와 버스 전용 차로를 달리다가 샛길로 들어서면 기다란 비탈길이 나왔다. 그 끝에 학교가 있었다. 엉덩이를 들고 페달을 밟으면서 비탈길을 올라가고 있을 때, 빨간색 자전거가 쌩하니 앞질러 갔다.

"안녕!"

같은 반 후지사키였다. 페달을 힘껏 밟아 그 옆으로 따라붙자 후지사키가 흘깃 뒤를 돌아보았다.

"아키, 넌 남한테 지고는 못 사는 성격이구나?"

"뭐?"

"어제도 그랬잖아. 내가 앞질러 갔더니 바로 쫓아오던데?"

"내가 언제?"

"와, 시치미 떼는 것 좀 봐!"

후지사키가 재미있다는 듯이 깔깔거렸다. 아키는 그 말을 무시하고 몸을 앞으로 푹 숙인 채 페달을 더 빨리 밟았다. 내친 김에 앞서 가던 자전거 두 대를 더 앞지른 뒤 교문 안으로 들어섰다.

"혹시, 화났니?"

자전거 보관소에서 체인을 감고 있을 때 빨간색 자전거가 옆에 와서 멈췄다.

"아니."

"거봐, 화났네."

"아니거든!"

아키는 짧게 대꾸하고는 자전거 바구니에서 가방과 도시락을 꺼낸 뒤 중앙 현관 쪽으로 걸어갔다. 후지사키가 가방을 어깨에 메면서 허겁지겁 뛰어왔다.

"아키, 너 나나 중학교 나왔지?"

아키는 걸음을 멈추지 않고 후지사키를 슬쩍 돌아보았다.

"너는 나를 기억 못 하겠지만, 나는 전부터 널 알고 있었어. 어떻게 알았는지 안 궁금해?"

"딱히."

"그럼 알려 줄게."

그럼이라니, 누가 알고 싶다고 했나? 아키가 발걸음을 서두르자 후지사키는 종종걸음을 치며 앞으로 갔다.

"다키모토 아키, 중2 때 하계 도 대회에서 1위. 나도 그때 그

경기장에 있었어. 너, 뛰는 거 봤거든. 얼마나 대단하던지 넋을 놓고 봤다니까. 아, 참! 나는 나가 중학교 나왔어."

"……."

"3학년 때는 대회에서 안 보이기에 다른 데로 이사 갔나 했지. 그랬다가 입학식 때 다키모토 아키란 이름을 보고 얼마나 놀랐는지 알아? 더구나 같은 반이라니! 혹시 부상이라도 당했던 거니? 그래서 육상부에 아직 지원서도 안 낸 거야?"

"뭐?"

"신입생들도 벌써부터 훈련에 나오고 있던걸. 아직 다 낫지 않았다 해도 이제 슬슬……."

"부상 같은 거 안 당했어."

"그럼?"

아키는 걸음을 멈추고 고개를 돌렸다.

"관뒀어."

"관뒀다니?"

"육상."

"말도 안 돼! 왜?"

후지사키가 팔을 움켜잡자 아키는 거칠게 뿌리쳤다.

"그걸 왜 너한테 설명해야 하는데?"

"난 그냥."

"달리는 거 지루하기도 하고……. 이유가 뭐든 네가 무슨 상관이야?”

아키는 이렇게 말하고는 교실로 터벅터벅 걸어 들어갔다. 그러고는 교실 한가운데에 있는 자신의 자리에 가방을 탁 내려놓았다. 새 학기에는 이름순으로 자리가 정해졌다. 그래서 학년 초에는 늘 가운데 자리에 앉게 되었다.

“왔냐?”

옆자리에 앉은 노토가 삼각 김밥을 볼이 미어터지도록 입안 가득 물고서 우물거리며 인사를 건넸다.

“아침부터 참 잘도 먹는구나.”

“아침에 훈련하고 나면 얼마나 허기진데.”

자기소개 시간에 노토가 농구부에 들어가겠다고 했던 말이 떠올랐다.

“아키, 뭐 기분 상한 일이라도 있냐?”

“아침 댓바람부터 이상한 애가 쓸데없는 말을 하잖아.”

“오우, 제법인데?”

노토가 히죽히죽 웃으며 삼각 김밥을 쥔 손으로 아키의 팔을 툭 쳤다.

“그런 거 아니거든. 에잇, 밥알 묻었잖아.”

아키는 소매에 붙은 밥알을 손가락으로 튕겨 냈다. 그때 복도에서 떠들썩한 웃음소리가 나더니 여자애 몇 명이 교실 앞문으로 뛰어 들어왔다. 뒤이어 책가방을 멘 후지사키가 모습을 드러냈다. 아키를 보고는 대뜸 앞으로 다가왔다.

"아키."

아키는 대답을 하지 않은 채 고개를 들었다. 노토는 그새 삼각 김밥을 입안에 또 욱여넣었다.

"아까 미처 말을 못 했는데, 내 건 전기 자전거야."

"뭐?"

"전기 자전거라고. 그래서 내가 널 앞질러 간 거야. 그러니까 그렇게 열 내지 않아도 된다고."

노토는 영문을 모르겠다는 듯 두 눈을 깜빡거리며 아키와 후지사키를 번갈아 보았다.

"너희, 지금 무슨 얘기 하냐?"

"자, 자, 조회 시작한다."

마침 담임 선생님이 교실로 들어오는 바람에 둘의 대화는 거기서 끝이 났다.

사실, 열 낸 거 아니다. 그저 몸이 반사적으로 움직였을 뿐이다. 누군가에게 추월을 당할 때 앞지르는 건 순전히 습관이었다.

어쨌거나 아키는 후지사키의 말이 몹시 거슬렸다. 자신이 당연히 육상부에 들어갈 거라고 짐작하는 것도, 육상을 그만둔 이유를 물어보는 것도 다 불쾌했다. 친한 사이도 아니면서.

그때도 그랬다. 중학교 3학년이 되고 얼마 지나지 않아, 육상부에 탈퇴서를 제출하자 반 애들 몇 명이 그 이유를 캐물었다.

백번 양보해서 육상부 친구들은 그럴 수 있다고 치자. 하지만 평소에 아무 관심도 없던 애들이 꼬치꼬치 캐물을 때는 짜증이 훅치밀었다. 아키는 가까스로 짜증을 억누르며 무릎이 안 좋다는 둥, 입시에 집중할 거라는 둥 하면서 적당히 핑계를 대었다.

이제는 누가 뭐라고 하든 신경 쓰이지 않았다. 그런데 후지사키의 말에 새삼스럽게 마음이 동요한 것은…… 오늘, 형이 돌아오기 때문이었다.

일 년 만에 형이 돌아온다!

현관문을 열자 신발장 옆에 비스듬히 세워 둔 흰 지팡이가 눈에 들어왔다. 시각 장애인이 사용하는 지팡이였다.

벌써 왔나 보네. 아키는 숨을 얕게 들이마셨다. 집 안에서 엄마 웃음소리가 들렸다. 엄마 웃음소리가 이토록 밝았던 적이 언제였더라…….

"어서 와라."

아빠가 현관에 서 있었다.

"다녀왔어요."

아키는 신발을 아무렇게나 벗어 던졌다.

"사쿠 짐을 2층에 올려 두려고……."

아빠는 묻지도 않은 말을 하면서 아키의 등을 슬쩍 밀었다. 거실로 들어서자 엄마가 여느 때와 달리 한껏 상기된 목소리로 맞아 주었다.

"어머나! 아키, 일찍 왔네?"

빨리 오라고 한 사람이 누군데? 아키는 얼굴을 찡그리면서 안으로 걸어 들어갔다. 그러자 오랜만에 듣는 목소리가 말을 건넸다.

"왔구나."

엄마 등 뒤의 소파에 사쿠가 앉아 있었다. 흰색 티셔츠에 검정색 데님 바지 차림이었다. 앞머리가 길어서 그런지 일 년 전보다 조금 야윈 듯했다. 하지만 건강이 나빠 보이지는 않았다.

"아, 아니지. 나 왔어, 라고 해야 하나?"

웃음기 머금은 채 말을 잇는 사쿠에게 아키는 어색하게 인사를 했다.

"왔어?"

"얘도 참, 왜 이렇게 무뚝뚝하니? 오늘은 엄마가 맛있는 거 많이 준비할 테니까 다 같이 사쿠가 집에 돌아온 걸 축하하자. 아키도 얼른 옷 갈아입고 와. 아, 당신은 사쿠 짐 좀……."

"벌써 2층에 올려다 뒀어."

아빠가 어깨를 으쓱였다.

"그럼 난 저녁 먹기 전에 짐 정리 좀 할게요. 아빠, 고맙습니다."

"고맙긴 뭐."

아빠는 겸연쩍은 표정으로 고개를 끄덕였다. 사쿠가 소파에서 일어나자 엄마가 허둥지둥 따라나섰다.

"왜?"

"엄마도 같이 올라가려고."

엄마 말에 사쿠가 씁쓸히 웃었다.

"나도 이제 스무 살이야. 혼자 할 수 있어."

사쿠는 손끝으로 벽을 더듬으며 문까지 가더니 손잡이를 잡고
는 뒤를 돌아보았다.

"엄마, 내 일은 스스로 할 수 있어요. 그럴 자신이 없다면 돌아
오지도 않았지."

"아무렴."

엄마는 눈을 내리깐 채 고개를 끄덕였다.

"나도 옷 갈아입고 올게."

아키는 사쿠가 2층으로 올라가는 것을 지켜보고 나서 뒤따라
계단을 올랐다. 계단 바로 앞에 사쿠의 방이 있었다. 문이 조금
열려 있었다. 무심코 그곳으로 눈길을 돌리자 문틈으로 사쿠의
등이 보였다. 가구의 배치를 확인하는지 옷장과 책상을 손으로
더듬거리면서 방 안을 천천히 걷고 있었다.

"아키?"

사쿠가 등을 돌린 채 말을 걸었다.

"아, 미안. 문이 열려 있어서."

"들어오지 그래?"

아키는 잠깐 뜸을 들이다가 방 안으로 들어갔다.

"엄마가 청소를 아주 꼼꼼하게 했나 본데? 카펫도 바꾼 거야?"

사쿠가 침대에 앉으며 물었다.

"그랬나 봐."

"무슨 색이야?"

"밝은 베이지색."

사쿠는 흐음, 하고 발밑의 카펫을 손으로 만져 보다가 얼굴을 번쩍 들었다.

"어두우면 불 켜."

아마도 아키를 생각해서 한 말일 것이다. 그걸 알면서도 사쿠의 입에서 나오는 말 한 마디 한 마디가 아키의 마음을 아프게 할퀴었다.

"……아직 안 켜도 돼."

"내 짐은 어디 있어? 아빠가 갖다 놨다던데."

"복도에. 가져올까?"

"그래 줄래?"

아키는 후우, 하고 숨을 내뱉으며 복도로 나갔다. 문 너머에 있는 종이 상자와 캐리어를 방으로 가져와 침대 앞에 조심스럽게 놓았다.

"고마워."

"짐, 내가 꺼낼까?"

"아니, 내가 할 수 있어. 짐도 내가 쌌는걸."

사쿠가 피식 웃자 아키가 머쓱한 얼굴로 중얼거렸다.

"아, 미안."

결국 자신도 좀 전의 엄마와 다를 바가 없다는 생각이 들었다. 형을 어디까지 도와야 할지, 어느 정도로 손을 내밀어야 할지 도무지 가늠이 되지 않았다.

"아키, 나는 환자가 아니야."

"알아."

"의외로 장애와 병을 혼동하는 사람들이 많은 것 같아서."

사쿠는 앞머리를 만지작거리면서 미소를 지었다.

"일상생활은 혼자서도 대강 할 수 있어. 그러려고 맹학교에 들어간 거니까. 나, 학교에서 꽤 우수했거든."

"옛날부터 우수했잖아."

그 말을 듣고 사쿠가 소리 내어 웃었다.

사쿠는 바닥에 앉아 종이 상자의 테이프를 떼고는 그 안에 들어 있는 것들을 침대 위에 늘어놓기 시작했다. 대부분이 옷가지였다. 그 외에는 수건이나 세면도구 같은 일상 용품이었다. 그중에서 빨간색 물건 하나가 눈길을 끌었다.

"형한테 저런 녹음기가 있었나?"

"내 거 아냐."

"빌린 거야?"

"아, 으응. 좀 덥다."

사쿠는 어정쩡하게 대답하고는 창문을 열어젖혔다. 어느새 선선해진 저녁 바람에 커튼이 살랑거렸다. 복도에서 토마토소스 냄새가 흘러 들어왔다.

"토마토 그라탱인가?"

"형이 좋아하는 거 준비하겠다고, 엄마가 어제부터 잔뜩 벼르고 있었어."

아키는 사쿠의 등을 보면서 짐짓 밝은 목소리로 덧붙였다.

"아즈사 누나도 오면 좋을 텐데. 내가 전화해 볼까? 아니지, 나보다 형이 하는 게 더 좋겠다."

"미안하다."

"어?"

"피곤해서 좀 누워야겠어."

"괜찮아?"

"응, 괜찮아. 아침부터 정신이 좀 없었거든. 저녁밥 다 되면 깨워 줘."

편하게 누워 있으려면 침대 위에 늘어놓은 것들을 다른 데로 옮겨 두는 게 좋지 않을까? 아키는 잠깐 그런 생각이 들었지만 이내 눈길을 돌려 버렸다.

"그럼 쉬어."

아키는 자기 방으로 돌아와 문을 닫고는 그동안 참았던 숨을 길게 내뱉었다.

긴킹했던 거나……, 바보같이. 아키는 주먹을 꽉 쥔 채 머리를 흔들었다. 형인데 왜 긴장을 하냐고…….

지금도 사쿠를 보면 그날 일이, 일 년 사 개월 전에 있었던 그 일이 저절로 떠올랐다.

재작년 12월 31일이었다. 아키는 아빠의 고향에서 설을 쇠기 위해 사쿠와 둘이서 센다이행 고속버스를 탔다. 그런데 그 버스 가 사고를 일으키고 말았다. 승객 마흔한 명 가운데서 한 명이 죽고, 한 명이 의식 불명, 그리고 또 한 명이 크게 다쳤다. 원인은 어이없게도 운전기사의 부주의라나.

아키는 오른팔에 타박상을 입고 몇 바늘 꿰매는 데 그쳤지만, 사쿠는 의식을 잃고 응급실로 실려 갔다. 센다이에 먼저 가 있던 아빠와 엄마는 연락을 받자마자 곧장 병원으로 달려왔다. 엄마 는 병원에서 꼼짝 않은 채 곁을 지켰고, 아빠와 아키는 병원 근처 비즈니스호텔에 방을 잡고서 매일같이 면회를 갔다.

나흘째 되던 날 이른 아침, 마침내 사쿠의 의식이 돌아왔다는 엄마의 연락을 받았다. 아키는 아빠와 함께 병원으로 황급히 달 려갔다.

이젠 괜찮다. 걱정할 거 없다. 그런 생각을 하면서 병실에 도 착했는데, 웬일인지 사쿠의 모습이 보이지 않았다. 엄마 혼자서 침대 옆 접이식 의자에 앉아 몸을 웅크린 채 울고 있었다.

"안 보인대."

"뭐?"

아빠가 어깨에 손을 얹자 엄마가 울먹이면서 다시 말했다.

"사쿠 눈이 안 보인대."

"그건……, 일시적이겠지. 머리를 부딪혔잖아. 아키, 너도 그렇게 생각하지?"

아키는 아빠 말을 듣고도 꼼짝할 수가 없었다. 바짝 마른 목구멍이 쩍쩍 갈라지는 것 같았다. 목소리가 나오지 않았다.

사쿠는 안과와 뇌신경외과에서 몇 가지 검사를 받았다. 의사들은 시력 장애가 의심된다는 소견을 내놓았다. 혹시라도 상태가 달라질 수 있으니 일주일 후에 다시 검사를 해 보자고 했다.

일주일이 지난 날, 아키는 아빠와 함께 사쿠의 병실을 찾았다. 사쿠는 입원했을 때와 마찬가지로 머리에 붕대를 감은 채 왼팔에 링거를 꽂고 있었다. 다행히 뺨의 상처는 많이 옅어져 있었다. 엄마와 아빠가 의사를 만나기 위해 병실을 나선 뒤, 사쿠가 불쑥 이렇게 말했다.

"아키, 너도 가서 듣고 와. 내가 부탁하더라고 하면 들여보내 줄 거야. 의사 선생님이 뭐라고 하는지 잘 듣고 솔직하게 말해 줘."

"내가?"

"응, 아빠랑 엄마는 좋은 말만 전하려 할 테니까. 난 사실을 알고 싶어. 내 일이잖아."

"응……."

"부탁한다."

사쿠는 이렇게 말하고는 손을 살짝 들어 올렸다.

아키가 진료실 앞으로 갔을 때, 아빠와 엄마는 소파에 나란히 앉아 있었다. 엄마는 불안한 듯 몸을 잔뜩 움츠린 채 두 손을 맞잡고 있었다. 아빠가 물었다.

"어쩐 일이니?"

"형이, 듣고 오래서요."

아빠는 어두운 낯빛으로 고개를 끄덕였다. 그때 간호사가 나와 호명을 했다.

"다키모토 씨 보호자분, 들어오세요."

진료실 문이 열리자 풍채 좋은 안과 의사가 보였다. 아키는 부모님과 함께 진료실로 들어갔다. 뇌신경외과 의사가 곧바로 뒤따라 왔다.

"오래 기다리셨습니다. 앉으시지요."

아빠와 엄마, 아키가 차례로 의자에 앉자 의사가 컴퓨터 화면을 보여 주면서 눈의 구조에 대해 설명했다.

"이 영상을 보면 아시겠지만 눈의 구조는 매우 복잡합니다. 특히 중요한 부분은 홍채, 수정체, 망막, 시신경인데요. 홍채는 사물을 볼 때 눈에 들어오는 빛의 양을 조절하는 역할을 합니다.

그것을 수정체가 굴절시켜 초점을 맞추면 망막에 상(눈에 비치는 사물의 형체—옮긴이)이 맺히는 거죠. 그 상을 뇌에 보내는 역할을 담당하는 것이 바로 시신경입니다."

아빠와 엄마는 컴퓨터 화면을 응시하면서 고개를 끄덕였다.

"교통사고를 당할 때 눈을 직접적으로 다쳐서 이런 기관들이 손상되기도 하지만, 뇌가 외상을 입어서 장애가 발생하기도 합니다."

"장애……."

엄마가 나직이 중얼거렸다.

"아드님은 사고 당시 머리를 세게 부딪혀서 양쪽 시각 중추에 이르는 경로에 손상이 생겼습니다."

엄마가 사색이 된 채 아빠의 팔을 붙잡았다.

"우리 아이는, 사쿠는……."

아빠 목소리가 떨렸다.

"시력이 돌아오지 않는다고 생각하시면 됩니다. 아주 드물게 일 년 반 정도 사이에 회복이 되는 사례도 있긴 합니다만."

"그렇다면 가능성은 있는 거죠?"

엄마가 몸을 앞으로 쑥 내밀었다.

"시력이 회복되는 예가 극히 적을뿐더러 설령 회복된다 하더라도 시력이 매우 낮습니다."

의사가 담담한 목소리로 설명하자 아빠는 말문이 막히는지 목소리를 쥐어짜듯이 다시금 물었다.

"그 말씀은……. 그러니까 실명의 가능성이 있다는 건지요?"

"지금으로서는 확실하게 말씀드릴 수 없지만, 그럴 가능성을 염두에 두고 생활을 설계하시는 편이 좋을 것입니다."

의사 말이 채 끝나기도 전에 엄마가 아아악, 하고 울음을 터뜨렸다. 아키는 아무 말도 못 하고 얼빠진 얼굴로 일어나 복도로 나갔다. 곧이어 아빠가 엄마를 부축하며 밖으로 걸어 나왔다.

"일단 엄마를 호텔로 데리고 가야겠다."

아키는 고개를 끄덕인 뒤 다 기어 들어가는 목소리로 물었다.

"형한테는 뭐라고……."

"이따가 아빠가 이야기할게. 혹시 묻거든, 치료하는 데 시간이 좀 걸리지만 괜찮을 거라고 해 둬."

"거짓말을, 하라고?"

"아니. 아직은 확실히 모르잖아."

아키는 말끝을 흐리는 아빠를 빤히 보았다.

"다른 병원에 가서 검사를 다시 받아 봐야겠다. 저런 의사가 하는 말을 어떻게 믿겠니? 아빠가 더 실력 있는 의사를 찾아서 검사를 받게 할 거야. 확실하지도 않은 걸 사쿠에게 말해서 불안하게 만들 필요 없다."

"그래도……."

"실명이 말이 되냐고!"

아빠가 소리를 빽 질렀다. 그러고는 스스로도 놀랐는지 입을 다물더니, 이내 숨을 크게 토해 냈다.

"미안하다. 사쿠한테는 일단 괜찮다고 해. 자세한 얘기는 나중에 아빠가 할 테니까."

아빠는 엄마의 어깨를 감싸 안고 엘리베이터 단추를 눌렀다.

"부탁한다."

아키는 말없이 고개를 끄덕였다. 그리고 아빠는 엄마와 함께 엘리베이터에 탔다. 아빠와 엄마는 지금 이 충격적인 사실을 받아들일 수 없어서 숨기려고 한다. 형은 이러리라는 걸 이미 알았던 거다.

물론 다른 병원에 가서 검사를 받아 보는 것이 잘못된 일은 아니다. 하지만 자신이라면 사실을 알고 싶을 것 같았다. 속이거나 숨기거나 기대를 품게 하는 말 대신……

쿵쿵쿵, 심장 뛰는 소리가 귀에까지 들리는 듯했다. 그래서 나한테 같이 가서 듣고 오라고 한 건가? 그런데 형의 눈이 보이지 않는다고? 실명……? 아, 싫다. 도대체 그런 말을 어떻게 전하란 말인가.

왜 하필 나야? 아키는 입술을 깨물며 복도 벽을 주먹으로 내리쳤다. 왜 하필 나한테 이런 말을 하라는 거냐고!

병실 문을 두 번 두드린 뒤 안으로 들어갔다. 사쿠는 눈을 감은 채 침대에 앉아 있었다. 아키는 말없이 창가에 놓인 의자에 앉아 밖으로 눈길을 돌렸다. 근처에 높은 건물이 없어서 그런지 5층 병실에서도 멀리까지 내다보였다. 왼쪽으로 눈을 돌리자 초등학교인지 중학교인지 운동장이 유난히 넓은 학교가 있었다.

"아키?"

사쿠가 부르는 소리에 놀라 아키는 어깨를 움찔했다. 입술을 한 번 훑고 나서 사쿠를 돌아보았다.

"아, 응. 내가 온 걸 어떻게 알았어?"

사쿠가 힘없이 웃었다.

"그냥. 나, 감 좋지? 아빠랑 엄마는?"

"의사 말이, 형 눈이 나으려면 시간이 꽤 오래 걸린대. 엄마가 그 말을 듣고 충격을 받았나 봐. ……어지럽다고. 그래서 아빠가 호텔로 데려갔어."

"……그랬구나."

"의사 말로는, 머리를 부딪혔을 때 신경인가 어딘가에 버그 같은 게 생겼나 봐. 자세한 이야기는 나중에 아빠가 해 줄 거야. 그, 근데 걱정할 거 없대."

"……."

"사쿠 형?"

"응."

"아, 아냐. 못 들었나 싶어서."

"들었어. 잘 듣고 있어, 아키."

사쿠가 오른손을 내밀었다. 아키가 그 손을 잡자 아프도록 세게 움켜쥐었다.

"솔직하게 말해."

사쿠의 나직하고 차분한 목소리에 아키는 그만 기가 눌리고 말았다. 꼴깍, 침 삼키는 소리가 크게 울렸다. 자기도 모르게 목소리가 떨렸다.

"뭘 솔직하게 말하라고……."

아키는 가슴이 덜컥 내려앉았다. 사쿠에게서 눈을 돌렸다.

"나를 똑바로 봐. 의사가 뭐라고 했어?"

"말했잖아……."

"아키!"

아키는 눈을 꼭 감은 채 입술을 깨물었다.

"시력이……, 돌아오지 않을 거래."

순간, 아키의 손을 잡은 사쿠의 손이 움찔했다. 곧이어 아키의 손을 가만히 놓았다.

"형……."

"나, 좀 잘게. 아빠한테는 내일 설명해 줘도 된다고 전해."

"그래도……."

"됐어. 부탁한다."

사쿠는 이렇게 말하고는 등을 돌려 누웠다.

병실을 나올 때 보니, 사쿠의 등이 미세하게 흔들렸다. 아키는 도망치듯 병실을 뛰쳐나왔다.

그 후 다른 병원에서도 검사를 받았지만 결과는 달라지지 않았다. 그때 형은 그 누구보다 침착했다. 맹학교에 가겠다고 먼저 말을 꺼낸 것도, 기숙사에 들어가기를 희망한 것도 모두 형이었다.

형이 눈물을 흘린 건 딱 한 번, 아키에게서 앞으로는 볼 수 없다는 얘기를 들었을 때뿐이었다. 그 후로는 격려를 하려 해도, 도움을 주려 해도 죄다 피하거나 거부했다. 가족은 그저 형이 원하는 대로, 결정하는 대로 따를 수밖에 없었다.

맹학교에 들어간 후로도 그랬다. 학교가 긴 방학에 들어가는 여름과 겨울에도 형은 집에 돌아오지 않았다. 아빠와 엄마는 어떻게든 집에 데려오고 싶어 했지만, 자립할 준비를 빨리 갖추고 싶다는 형의 뜻을 꺾지는 못했다.

형은 알고 있었을까? 그러한 단호함이 가족을, 자신을 걱정하는 사람들을 머뭇거리게 하고, 마음 졸이게 하고, 멈춰 서게 했다는 것을.

"형, 밥 다 됐대."

아키가 방문을 열었다. 그러자 깜깜한 방 안으로 복도의 불빛이 새어 들어갔다. 아까 풀어 둔 종이 상자 속의 짐은 그새 전부 정리되어 있었다.

"몇 시야?"

사쿠가 침대에서 몸을 일으켰다.

"7시 조금 넘었어."

"먼저 가. 바로 내려갈게."

"괜찮……, 알았어."

아키는 내뱉으려던 말을 꿀꺽 삼키고 고개를 끄덕였다.

'괜찮아?'

아마도 형이 지금 가장 듣기 싫어하는 말일 터였다. 아키는 문을 닫고 벽에 설치해 둔 목제 난간을 슬며시 만져 보았다.

반년 전쯤, 엄마는 인테리어 업자를 집으로 불러들였다. 그리 넓지 않은 집 안의 벽이라는 벽마다 병원 복도에서나 볼 법한 손잡이를 설치했다. 욕실 바닥도 미끄럽지 않은 재질로 바꾸었다. 형이 조금이라도 불편을 느끼지 않고 생활할 수 있도록, 집 안에서 안전하게 지낼 수 있도록…….

그것이 형에게 정말로 도움이 될지는 알 수 없었지만 아빠는 엄마가 하는 일에 일체 참견하지 않았다.

거실로 내려가자 토마토소스와 버터, 달걀의 달달하면서도 감칠맛 나는 냄새가 훅 풍겼다.

'역시.'

아키는 식탁 위에 차려진 음식을 보고서 저도 모르게 입속으로 중얼거렸다. 형이 좋아하는 토마토 그라탱과 베이컨 버섯 키슈

(파이 위에 치즈·야채·어패류·햄과 같은 소를 얹고, 달걀과 우유로 만든 소스를 쳐서 구운 요리—옮긴이)와 연어 샐러드가 차려져 있었다.

"사쿠는?"

"금방 온대."

아키가 이렇게 말한 뒤 식탁 의자를 당기자 엄마가 눈살을 찌푸렸다.

"함께 내려오랬지?"

"형이 알아서 잘하잖아."

엄마는 한숨을 몰아쉬더니, 수납장에서 포크를 꺼내 식탁에 던지듯이 내려놓았다. 그때 아빠가 텔레비전을 끄고는 소파에서 일어나며 말했다.

"여보, 사쿠한테 너무 신경 쓰지 마."

"어떻게 신경을 안 써?"

"자기 일은 알아서 할 수 있다고 했으니까, 괜히 나서지 않는 게 좋아. 걱정하는 마음이야 알지만 공연히 신경 쓰면 사쿠 마음이 더 불편하지 않겠어?"

아빠는 엄마 곁으로 가더니 등을 밀어 의자에 앉혔다. 바로 그때, 사쿠가 주방으로 내려왔다.

"아, 냄새 좋다. 토마토 그라탱이랑 키슈?"

사쿠는 식탁과 의자를 더듬어 위치를 확인하고는 천천히 자리에 앉았다. 엄마와 아빠는 숨을 죽이고서 사쿠의 움직임을 하나

하나 눈으로 좇았다. 아키는 그 모습을 잠자코 바라보았다.

"오늘은 사쿠의 귀환을 축하하는 자리야. 아, 귀환 축하는 좀 이상한가? 복귀 축하라고 하기도 그렇고."

아빠가 턱을 문지르자 사쿠가 소리 내어 웃었다.

"귀환이든 복귀든 뭐든 다 좋아요."

"귀가 축하가 맞는 거 같은데."

아키가 나직이 말하자 사쿠가 고개를 끄덕였다. 바로 그 순간, 현관에서 벨소리가 났다.

"딱 맞게 왔네."

엄마는 인터폰을 확인하지도 않고 곧바로 현관문을 열었다.

"어서 와. 어려워하지 말고 들어와."

엄마가 한껏 밝은 목소리로 말했다.

"실례합니다."

사쿠는 그 목소리를 듣고 흠칫 놀랐다.

"안녕하세요?"

곧이어 주방에 나타난 사람은 가미시로 아즈사였다.

"어서 와라."

아빠도 조금 당황했는지 의자에서 엉거주춤 일어나 사쿠를 멀거니 바라보았다.

"아즈사, 여기 앉아."

엄마는 생글생글 웃으며 사쿠 옆의 의자를 손으로 가리켰다.

"사쿠, 드디어 돌아왔네? 오랜만이야."

아즈사가 사쿠에게 인사를 건넸다. 사쿠는 고개도 돌리지 않은 채 낮게 한숨을 내쉬었다.

"미안하지만 돌아가 주면 좋겠는데."

"사쿠!"

엄마가 깜짝 놀라서 소리쳤다.

"오늘은 가족끼리만 식사하고 싶어서 그래. 미안하다."

사쿠의 냉랭한 목소리를 듣고서 아즈사는 입술을 꼭 깨문 채 고개를 끄덕였다.

"알았어, 미안해."

"아냐, 내가 미안하지."

사쿠는 애써 담담한 목소리로 대꾸했다.

"죄송해요. 불러 주셔서 감사합니다. 또 올게요."

아즈사는 아빠에게 고개 숙여 인사한 뒤 사쿠를 힐끗 보고는 돌아섰다.

"아즈사, 잠깐 기다려."

엄마가 황급히 뒤쫓아 갔다. 아키는 덜컹 소리를 내며 의자에서 일어섰다.

"아즈사 누나 바래다주고 올게."

"아, 응, 그래."

아빠는 사쿠에게로 눈길을 던지며 고개를 끄덕였다.

"아즈사 누나!"

모퉁이를 막 돌던 아즈사는 아키가 부르는 소리에 걸음을 멈췄다.

"미안, 놀랐지?"

아즈사가 고개를 저었다.

"내가 바래다줄게."

"사쿠가 그러래?"

"그런 건 아닌데……."

"뭘 기대해."

아즈사는 피식 웃고는 다시 걷기 시작했다.

"저기, 미안해."

아키가 나직이 말하자 아즈사는 고개를 가만히 저었다.

"아냐. 이럴 거라고 어렴풋이 짐작은 했어. 그런데도 막상 너무 냉담하게 나오니까 살짝 열받기는 하더라."

"미안해."

"네가 사과할 일은 아니지."

아키는 담장 너머에서 뻗어 나온 벚나무 가지를 물끄러미 올려다보았다. 절정을 지난 벚꽃이 꽃잎을 사르르 떨구었다.

"나, 앞으로 사쿠를 만나러 가지 않는 게 좋을까?"

아키는 고개를 갸우뚱하면서 바지 주머니에 엄지손가락을 찔러 넣었다.

"글쎄, 아즈사 누나는 어떻게 하고 싶은데?"

"그 후로 사쿠가 나를 피한다는 건 알고 있어. 오늘도 찾아가 봐야 싫어할 거라고 생각했고. 그런데도 아줌마가 오라고 하니까…… 가고 싶더라. 사쿠가 보고 싶었거든."

"형이 일부러 피한 건 아닐 거야. 그 학교에 들어간 뒤로는 집에도 안 왔거든. 아빠랑 엄마가 가끔 보러 가긴 했지만."

"아키 넌? 만나러 가지 않았어?"

"뭐, 응. 내가 찾아가도 싫어할 것 같아서. 형 말야, 의외로 겉멋을 꽤 부리거든."

"의외가 아니고, 원래 그랬잖아. 사쿠는 진심으로 겉멋에 사는 사람이지."

아즈사가 후훗, 하고 웃었다.

"그래?"

아키도 따라 웃었다.

"다른 사람한테는 한없이 잘해 주려고 하면서 정작 자기가 남한테 기대는 것은 견디질 못해. 난 사쿠가 기대어 주길 바랐는데……. 물론 내가 할 수 있는 건 아무것도 없지만. 적어도 옆에 있어 줄 수는 있잖아."

아즈사는 하늘을 올려다보며 휴우, 하고 숨을 내쉬었다.

"사쿠는 그마저도 싫었나 봐. 전화를 걸어도 수신 거부 상태였거든. 그래서 편지를 썼지. 그걸 녹음해서 보냈는데 지금까지 감

감무소식인 거 있지?"

"빨간색 녹음기?"

"그걸 어떻게 알아?"

"형 짐 속에 있었어."

"그거, ……들었을까?"

아마 아닐걸, 아키는 속으로 중얼거렸다.

"형이 그걸 지금껏 가지고 있다는 게 중요하지."

아즈사의 입꼬리가 살짝 올라갔다.

"참! 아키 너, 고등학생 됐지? 학교생활은 어때?"

"뭐, 그냥 그래."

"그냥 그렇다고? 애고, 참 너다운 대답이다."

아즈사는 재미있다는 듯이 깔깔 웃었다.

"육상부는? 앞으로 시합도 많겠지? 언제 시간 내서 응원하러 갈게."

"없어, 이제 그럴 일 없어."

"응?"

아즈사는 놀란 기색으로 아키의 얼굴을 빤히 들여다보았다.

"관뒀거든."

"관뒀다니, 뭘?"

"육상."

"왜?"

"그냥."

"중학교 2학년 때부터 여러 고등학교에서 입학 제의가 들어왔다고 하지 않았어? 체육 특기생으로 고등학교에 진학할 수 있다고 사쿠가 얼마나 자랑스러워했는데! 정말 대단하다고 입에 침이 마르게 칭찬했단 말야."

"하나도 안 대단해."

아키는 시선을 어디에 둬야 할지 몰라서 공연히 앞머리를 만지작거렸다.

"너 육상 그만둔 거, 사쿠는 알아?"

아키는 고개를 천천히 저었다.

"형은 오늘 막 돌아왔잖아."

"아, 그렇지. 그러네, 오늘 돌아왔지. 그래도 말야."

아즈사는 침을 꼴깍 삼키면서 아키를 바라보았다.

"육상 그만둔 거, 사쿠랑 상관있어?"

아키는 속으로 흠칫 놀랐다.

"없어."

아즈사가 아키의 팔을 잡아챘다.

"그럼 왜?"

"누나한테 말할 필요 없을 거 같은데?"

아키는 시선을 떨어뜨리며 아즈사의 손을 뿌리쳤다.

"네 말이 맞아. 굳이 나한테 말할 필요 없지. 하지만 사쿠 일은 네 탓이 아냐."

"뭐? 그게 무슨 소리야?"

"아줌마한테 들었어. 아줌마가 너한테 심한 말을 했다던데?"

아키는 바지 주머니 속에서 주먹을 꽉 쥐었다.

"사쿠가 왜 이런 꼴을 당해야 돼? 이게 다 아키 너 때문이야."

엄마의 표정이, 쥐어짜는 듯한 목소리가, 지금도 아키의 머릿속에 생생히 남아 있었다.

두 번째 검사 결과가 나온 날, 아키는 끔찍한 것이라도 본 듯이 분노에 찬 엄마의 눈동자와 마주해야 했다. 하도 울어서 눈이 퉁퉁 부어 있었다.

할머니와 할아버지가 살고 있는 센다이에는 원래 사고 전날인 12월 30일에 부모님과 함께 가기로 했다. 그런데 사쿠와 둘이서 다음 날 따로 가게 된 것은 아키가 30일에 육상부 친구들과 계획을 세워 두었기 때문이다.

예정대로 30일에 가족 모두가 함께 갔더라면 그 버스에 타지 않았을 거다. 그랬다면 사고를 당할 일도, 형이 눈을 다치는 일도 일어나지 않았겠지. 사고가 난 후 아키는 수없이 후회했다. 별것도 아닌 일로 고집을 피웠다고 자책하고 또 자책했다. 그러면서도 한편으로는 그건 어디까지나 사고일 뿐 자기 잘못이 아니라고 애써 외면하려 노력했다.

엄마는 그런 아키를 용서하지 않았다. 아키는 엄마가 자신을 몹시 원망하고 있다는 걸 그때 그 눈빛에서 확실히 깨달았다.

"아줌마가 후회하고 있더라. 그때는 제정신이 아니었다고, 진심이 아니었다고……."

"기억 안 나."

"진짜?"

아키는 고개를 세차게 흔들었다.

"육상을 관둔 이유는 그냥 지겨워서야. 이유는 그거 하나뿐이라고. 내 얘기는 됐고, 지금부터는 누나 생각이나 해."

아즈사는 말없이 고개를 끄덕였다. 그러다 손에 든 종이 가방을 아키에게 건넸다.

"치즈 케이크야. 예전에 사쿠가 맛있다고 해서."

"꼭 전해 줄게. 반드시 형한테 먹일게."

"아키 너도 먹어."

아키의 입꼬리가 슬며시 올라갔다.

"집에 거의 다 왔어. 잘 가."

아즈사는 잠시 걸음을 멈추었다가 다시 떼었다. 아키는 아즈사의 등에 대고 이렇게 소리쳤다.

"형은 아즈사 누나를 좋아하고 있어, 지금도."

사쿠는 벨소리에 잠이 깼다. 라디오에서 오후 3시를 알리는 소리를 듣고 소파에서 몸을 일으켰다. 깜빡 잠이 들었나 보네.

집에 돌아온 지 일주일이 지났다. 아빠도 엄마도 앞일은 천천히 생각하는 게 좋다고 말했지만 이제는 뭔가 시작을 해야겠다는 생각이 들었다. 엄마도 사흘 전부터 잠시 쉬었던 아르바이트를 다시 시작했다. 평일에 네 시간 정도 슈퍼에서 일을 했다. 엄마는 사쿠를 혼자 두는 것 때문에 많이 망설였지만 아빠가 단호하게 밀어붙인 결과였다.

잠시 후 벨이 또 울렸다. 인터폰을 들자 수화기 너머에서 낯익은 목소리가 흘러나왔다. 사쿠는 아무 말 없이 종료 버튼을 눌렀다. 벨이 두세 번 더 울렸다. 할 수 없이 통화 버튼을 누른 뒤 메마른 목소리로 말했다.

"미안해, 지금 좀⋯⋯."

"잠깐만! 부탁이야, 끊지 마. 이야기 좀 하고 싶어."

사쿠는 종료 버튼을 누르려다 손가락을 뗐다.

"사쿠, 문 열어 줄 때까지 여기서 기다릴 거야."

"그러지 마."

"그럼 문을 열어 줘."

사쿠는 인터폰에서 새어 나오는 아즈사의 목소리를 들으며 한숨을 푹 내쉬었다.

"잠깐 기다려."

문을 여는 순간, 햇살이 사쿠의 뺨을 고즈넉이 비추었다.

"들어와."

아즈사는 손가락으로 난간을 더듬으면서 거실로 걸어가는 사쿠의 뒤를 조심조심 따라갔다.

"미안해, 억지 부려서."

"지금 집에 아무도 없어."

"알아."

"어?"

"아키한테 들었어. 아줌마가 아르바이트하러 가서서 낮에는 너 혼자 있다고."

사쿠는 저도 모르게 피식 웃었다. 그때 아즈사가 사쿠의 어깨에 머리를 기댔다. 그리운 샴푸 냄새가 훅 풍겨 오자 사쿠는 슬그머니 몸을 뒤로 뺐다.

"할 얘기, 있댔잖아."

사쿠가 손으로 더듬더듬 식탁 의자를 찾아 앉았다. 아즈사는 그 모습을 지켜보다가 그 옆에 슬그머니 자리를 잡아 앉았다. 째깍, 째깍. 시계 초침 소리가 유난히 크게 들렸다. 아즈사는 좀처럼 말문을 열지 못했다. 어색한 분위기를 견디지 못하고 사쿠가 먼저 입을 열었다.

"치즈 케이크, 고마웠어. 정말 맛있더라."

아즈사가 환하게 웃으며 말했다.

"하, 먹었구나?"

"아키가, 사 왔다면서 먹으라고 하길래……. 근데 한 입 먹고 바로 알았어, 아즈사가 구운 거란 거. 파는 거랑은 확실히 다르니까."

"뭐? 그럼 …… 맛이 없었다는 뜻이야?"

사쿠는 어색한 나머지 손으로 입가를 만지작거렸다.

"그게 있지, 집에서 만든 티가 풀풀 나서 말야."

"헉, 집에서 만든 티?"

고개를 끄덕이는 사쿠를 보고 아즈사가 웃음을 터뜨렸다.

"하긴, 파는 케이크랑 비교하면 집에서 만든 티가 폴폴 나지.

파는 것처럼 만들 줄 알면 내가 진즉 케이크 가게를 차렸게?"

사쿠의 입꼬리가 올라가는 걸 보고 아즈사는 마음이 한결 놓여서 안도의 한숨을 내쉬었다.

"다행이야."

"어?"

"다행이라고. 사쿠 너, 변하지 않아서."

"……아니, 변했어."

사쿠의 머리카락이 살포시 흔들렸다.

그 사고 후, 아즈사가 병원에도 집에도 몇 번이나 찾아왔지만 사쿠는 끝내 만나 주지 않았다. 아즈사에게 자신의 모습을 보이기 싫은 이유도 있었지만, 그보다는 자기 곁에 붙잡아 두고 싶지 않은 마음이 더 컸다.

"변했대도."

"아니, 안 변했어."

"눈앞에 있는 널 볼 수가 없어. 혼자서는 외출을 할 수도 없고. 너와 함께 영화를 볼 수도 없고, 자전거를 태워 줄 수도 없고, 집까지 바래다줄 수도 없는걸. 지금 이렇게 이야기를 나누고 있어도 난 네 표정을 읽을 수가 없다고."

지금껏 아무렇지 않게 함께했던 일들을 더는 할 수가 없게 되었다. 아즈사는 나를 만날 때마다 부축하려 들겠지. 따뜻한 말을 건네려 애쓰고, 무리해 가며 도우려 할 거다. 그럴 때마다 더 바라고 더 요구하게 될까 봐 겁이 났다.

그러다 언젠가 아즈사가 후회하게 될 날이 올 것만 같아서 불안했다. 부담스러운 존재가 되는 것이 무서웠다. 아즈사에게 버림받는 것도, 짐짝처럼 여겨지는 것도, 사랑받지 못하게 되는 것도 모두모두 두려웠다.

사쿠는 아즈사가 녹음기에 담아 보낸 편지를 아직 듣지 않았다. 그걸 되돌려 보낼 용기도, 없애 버릴 자신도 없었다. 스스로 끊어 버리리라 마음먹은 가느다란 실을 아직도 주머니 속에서 꽉 쥐고 있는 셈이었다.

집에 돌아오던 첫날, 사쿠는 아즈사 목소리를 듣고서 숨이 멎어 버리는 줄 알았다. 아즈사의 얼굴이 보고 싶었다. 만져 보고 싶었다. 이야기를 나누고 싶었다. 꼭 안고 싶었다. 그래서 만나면 안 되는 거다.

사쿠가 자리에서 일어나자 아즈사가 손목을 잡았다.

"……그래서 뭐?"

"그러니까 내 말은…….."

"내 생각은 달라. 혼자서는 어려워도 둘이라면 외출할 수 있잖아? 영화는 화면 해설 서비스로 보면 되고, 자전거 같은 거 안 타면 어때? 그리고 집에 데려다주지 않아도 아무런 문제 없어. 얼굴이 보인다고 해서 마음까지 다 알 수 있는 건 아니잖아. 나는 네 얼굴을 볼 수 있는데도 너의 마음이 어떤지 전혀 몰라. 너에 대해 아무것도 모른다고."

아즈사는 마치 떼쓰는 어린아이마냥 쉬지 않고 말을 쏟아 놓았다. 아니, 길 잃은 아이가 떨고 있는 것 같기도 했다. 어느새 눈물을 뚝뚝 흘리고 있었다.

"미안해……."

"미안하단 말은 안 해도 돼. 네가 만나고 싶지 않다면 어쩔 수 없다고 생각했어. 네 마음은 네 거니까."

아즈사는 사쿠의 두 손을 꼭 잡았다.

"하지만 내 마음은 내 거야. 사쿠, 난 너를 계속 만나고 싶어. 함께 있고 싶다고."

사쿠의 눈동자가 살며시 흔들렸다.

"너에게 짐이 되고 싶지 않아."

"짐이라니! 나는 그 짐을 함께 짊어지고 싶어. 나는 강해. 사쿠, 알잖아. 그리고 내 짐은 네가 져 줘."

"……."

"혹시 내가 싫어진 거야?"

"아냐, 그런 게 아니야."

"그럼 왜 그러는 건데?"

"네가 언젠가 반드시 후회할 테니까. 난 네가 그런 일을 겪지 않았으면 좋겠어. 나도 겪고 싶지 않아."

"사쿠, 나는 나중에 후회해도 좋아. 언젠가, 뭐가 어떻게 될지는 아무도 모르잖아. 후회할지 어떨지는 닥쳐 보지 않으면 모른다고. 하지만 지금의 내 마음은 분명하게 알아. 나는 너랑 같이 있고 싶어."

아즈사는 사쿠의 두 손을 자신의 뺨에 갖다 댔다.

"나는 여기에 있어. 사쿠, 난 네가 좋아."

사쿠의 기다란 손가락이 쓰다듬듯이 아즈사의 얼굴을 어루만졌다.

"엄마 왔다. 어, 손님 왔어?"

거실로 막 들어온 엄마 얼굴에 함박웃음이 피어났다.

"아즈사! 하아, 다행이다. 다시는 오지 않을 줄 알았지 뭐니?"

"엄마."

그때 사쿠가 난처한 듯한 얼굴로 말꼬리를 잘랐다. 엄마는 어깨를 으쓱하며 사쿠를 가볍게 나무랐다.

"사쿠, 너 그럼 못써. 어떻게 그런 말을 하니? 아즈사, 지난번에 기분 상했지?"

"아니에요, 제가 눈치가 없었어요."

"아, 아냐. 무슨 소리야? 어머나, 아직 차도 안 내온 거니? 아즈사, 찹쌀떡 얻어 왔는데 좀 먹어 볼래?"

"네, 네."

"얼른 차 우려 올 테니까 편하게 있어."

엄마는 부엌으로 총총히 걸어갔다. 그러자 사쿠가 피식 웃으며 말했다.

"위로 올라갈까?"

사쿠와 아즈사는 중학교 2학년 때 같은 반이 되면서 처음 만났다. 둘이 사귀기 시작한 것은 그해 여름부터였다. 아즈사는 어릴 때 부모님이 이혼을 해서 아빠와 둘이 살고 있었다. 3학년 1학기 말 즈음, 아빠가 싱가포르로 발령이 나면서 잠시 헤어져 지내다가 고등학교 1학년 가을 축제 때 다시 만났다.

아즈사는 싱가포르 생활에 적응하지 못했다. 그래서 여름이 되기 전에 귀국하여 도쿄에 있는 고등학교로 편입했다. 한동안은 친척 집에 얹혀살다가, 중학생 때 살던 아파트 근처에 방을 얻어 혼자 살기 시작했다.

"밥은 우리 집에 와서 먹어."

사쿠는 종종 아즈사를 저녁 식사에 초대했다. 아즈사가 사양을 하면 쾌활한 목소리로 이렇게 말하곤 했다.

"신경 쓸 거 없대도. 괜찮지, 엄마?"

그러면 엄마는 떨떠름한 표정을 지으면서도 딱히 안 된다고 하지는 않았다. 그때만 해도 엄마가 아즈사를 썩 마음에 들어 하지 않았다는 걸 사쿠도 어렴풋이 눈치채고 있었다.

"우리 엄마, 되게 기분 좋은가 보다."

사쿠가 계단을 오르며 말했다. 그러자 아즈사는 대수롭지 않은 듯이 대꾸했다.

"음, 평소랑 다르지 않은 것 같은데?"

"그런가?"

"응, 아줌만 언제나 저러셨어."

그때 엄마가 계단 밑에서 소리쳤다.

"아즈사, 차 타 놨는데 내려와서 가져가겠니?"

"내가 갔다 올게."

사쿠가 말하자 아즈사가 손을 내저었다.

"아니야, 내가 가져올게. 아줌마랑 얘기도 좀 하고 싶거든."

아즈사는 사쿠가 웃음을 지으며 고개를 끄덕이자 곧장 아래층으로 내려갔다.

아즈사가 거실로 들어서자마자 사쿠 엄마가 환하게 웃으며 말을 건넸다.

"아즈사, 호지차(녹차 잎을 센 불로 볶아 만든 일본의 전통차—옮긴이)랑 녹차 중에서 어떤 게 좋아?"

"으음, 호지차요."

"다행이다, 그럴 줄 알고 호지차로 준비했지."

"역시 아줌마세요!"

"그렇지?"

미소를 짓는 사쿠 엄마의 눈가에 주름이 깊게 잡혔다. 사쿠 엄마가 아즈사에게 싹싹하고 친절하게 대하는 건 오늘뿐만이 아니었다. 사쿠가 사고를 당한 후로 쭉 그랬다.

사실 그 전에는 사쿠 엄마를 대하기가 왠지 껄끄러웠다. 냉랭하게 바라보는 시선에서 자신을 달갑게 여기지 않는다는 걸 느끼고 있었기 때문이다. 아직 고등학생인데도 부모님과 떨어져 혼자 생활하는 게 못마땅한 눈치였다.

"괜히 오해 살 수 있으니까 사쿠를 집에는 데려가지 마."

사쿠 엄마가 한 말이 아직도 귓가에 생생하게 울렸다. 그런데 사쿠가 사고를 당한 뒤로 태도가 싹 바뀌었다. 언젠가부터 "아즈사, 아즈사." 하고 다정히 부르면서 사뭇 친근하게 대하기 시작했다.

처음에는 사쿠 엄마의 태도가 견디기 힘들 정도로 불쾌했다. 하지만 사쿠의 건강 상태를 물을 때마다 친절하게 말해 주는 데다, 전화로 두 시간 넘게 이야기를 나누기도 했다. 아즈사는 차츰차츰 그런 시간들이 좋아지기 시작했다. 자신과 같은 마음이라고 느껴져서 그런지 안도감마저 들었다. 손바닥 뒤집듯이 변한 사쿠 엄마의 태도에 거부감이 들었던 마음도 봄바람에 눈이 녹는 것마냥 슬며시 사라져 버렸다.

아들을 끔찍이 사랑하기 때문에 불안해서 미칠 지경인 거다. 그래서 마음에 차지 않는 나라도 곁에 두고 싶은 거다. 사쿠에게 힘이 되어 줄 사람을 한 명이라도 더 옆에 잡아 두어야 하니까.

어머니란 그런 존재인가 보다, 라고 생각했다.

"자, 이거 들고 올라가."

사쿠 엄마는 찹쌀떡과 찻잔을 담은 쟁반을 아즈사에게 건넸다.

"아, 참! 저녁도 먹고 가."

"우아, 정말요? 고맙습니다!"

아즈사는 짐짓 쾌활하게 대답하고는 계단을 올라갔다. 이윽고 사쿠 방으로 들어가 탁자 위에 쟁반을 내려놓았다. 책상 의자를 빼서 앉으며 사쿠에게 말했다.

"자, 차랑 찹쌀떡 가져왔어."

"고마워."

"뭘 이런 걸로. 탁자 위에 있으니까 먹어."

사쿠는 "으응." 하고 웅얼거리면서 침대에서 내려와 방바닥에 앉았다. 그런데 근처에서 공사라도 하는 걸까? 창밖에서 금속을 때리는 소리가 땅땅 울렸다.

"아, 아줌마가 저녁도 먹고 가래."

"어, 그래……? 시간 괜찮아?"

"오늘은 아르바이트가 없어서 괜찮아."

"빵집 아르바이트?"

"아니, 요즘은 이탈리안 레스토랑에서 일해. 과외도 하고…….
말이 과외지 초등학생 가르치는 거야."

"아, 엄마한테 들었는데 메이조 대학에 붙었다면서? 축하해."

"고마워. 그런데 추가 합격이야."

메이조 대학은 사쿠가 가고 싶어 했던 학교이기도 했다.

"그게 어때서. 들어가면 다 똑같은걸. 학교랑 아르바이트랑 병행하려면 꽤 바쁘겠네."

"그렇지도 않아……. 그것보단 대학 공부를 따라갈 수 있을지 걱정이야."

"수업만 빼먹지 않으면 괜찮을 거야."

"너야 그렇겠지."

아즈사는 거기까지 말하고는 아차 싶어서 말끝을 흐렸다.

"미안."

"괜찮아. 차 마시자."

사쿠는 쓸쓸히 웃으며 고개를 저었다. 그러고는 손바닥으로 더듬어 탁자의 위치를, 그다음에는 그 위에 놓인 찻잔과 접시의 위치를 확인한 뒤 찻잔을 들어 올렸다.

아즈사는 얼른 시선을 돌렸다. 어쩐지 봐서는 안 될 것 같은 기분이 들었다.

"나도 대학에 갈 생각이야. 시간은 좀 걸리겠지만."

"어? 그래, 갈 수 있어! 너라면 당연히 갈 수 있지."

아즈사의 목소리가 너무 커서 사쿠는 잠깐 놀라는 기색을 보이다가 이내 쿡쿡 웃었다.

"나도 그렇게 생각해."

아즈사는 사쿠 옆에 바짝 다가앉아 찹쌀떡을 집어 들었다.

"아키도 다시 하면 좋을 텐데."

"응?"

"육상."

"무슨 소리야?"

사쿠는 들고 있던 찻잔을 탁자에 내려놓았다.

"아키, 육상 그만뒀대. 나도 네가 집에 돌아온 날에야 들었어, 아키한테."

사쿠의 표정이 순식간에 굳어졌다.

"왜 그만뒀는지 이유는 못 들었고?"

"지겨워서래."

"······."

사쿠는 엄지손톱으로 집게손가락을 꾹꾹 찔렀다.

"괜찮아?"

"아, 응. 좀 놀라서."

"있잖아, 사쿠. 아키가 먼저 얘기하기 전에는 모르는 척하는 게 좋을 것 같아."

"왜?"

"아키한테도 다 생각이 있을 테니까."

"생각?"

"응."

"아즈사, 혹시 뭐 아는 거 있어?"

"미안. 그건 좀…….."

아즈사가 말끝을 흐리자 사쿠가 깊은 숨을 토해 냈다.

"아키가 좀 이상해졌다는 건 나도 눈치채고 있었어. 처음엔 일년이나 떨어져 지냈으니 녀석도 서먹하겠다 싶었지. 그런데 그게 다가 아닌 거 같거든."

"사실은…… 아키랑 아줌마, 사이가 좋지 않아 보여."

"엄마랑?"

"응."

"그거, 나랑 상관있는 거야?"

아즈사는 잠시 숨을 멈추고는 신중하게 말을 골랐다.

"누구 잘못도 아냐. 아줌마도, 아키도 잘못한 거 없어. 그런데…….."

"엄마가 뭐라고 했어?"

"…….."

"아즈사."

사쿠가 아즈사의 팔을 잡았다.

"아키 때문이라고…… 네 눈 말이야."

아즈사가 나직이 중얼거렸다.

"그게 무슨……?"

"아줌마도 알아. 그냥 사고였다는 거, 아키 탓이 아니라는 거."

"근데 왜?"

사쿠의 호흡이 얕아졌다.

"아줌만 그때 누구라도 탓하지 않으면 견딜 수 없었을 거야. 진심으로 아키 때문이라고 생각한 건 아니겠지. 나는 아줌마 마음 이해해. 그래서……."

"……알았어."

"사쿠?"

"얘기해 줘서 고마워."

"아줌마를 탓하지 않았음 좋겠어."

"알았어."

아즈사는 9시가 좀 지나서 돌아갔다. 그리고 얼마 지나지 않아 아키가 들어오는 기척이 났다. 사쿠는 계단을 올라오는 아키의 발소리를 듣자마자 짐짓 큰 소리로 인사를 건넸다.

"왔냐?"

이내 방문이 벌컥 열렸다.

"다녀왔어."

"요즘 늦네."

사쿠는 라디오 볼륨을 줄였다.

"맨날 이맘때 들어오는데, 뭐. 누구 왔다 갔어?"

"아, 아즈사가 왔다 갔어."

사쿠가 대답하자 아키 목소리에 놀란 기색이 묻어났다.

"잘됐네. 어쩐지 엄마 기분이 좋아 보이더라."

사쿠가 미소를 지었다.

"너도 그래 보였어?"

"그걸 누가 몰라."

"뭐, 요즘 엄마가 이상할 만큼 아즈사를 예뻐하긴 하지. 전에는 어땠냐 하면……."

사쿠가 말끝을 흐리자 아키가 코를 찡긋하며 대꾸했다.

"싫어했지, 엄마가 아즈사 누나를 많이……."

"너무 대놓고 말한다, 너!"

사쿠는 얼굴을 찡그리고는 일어나서 창문을 열었다. 보드랍게 일렁이는 밤바람에 봄의 기운이 스며 있었다.

"엄마가 달라졌어. 이젠 울지도 않고……. 밝아진 것 같아."

사쿠 말에 아키가 고개를 끄덕였다.

"일 년이란 시간이 지났으니까."

"그런가?"

"나, 씻고 올게."

"저기 말야."

사쿠는 방을 나서려는 아키를 불러 세웠다.

"왜?"

"너는 어때?"

"뭐가?"

"너도 요즘 달라졌어?"

순간, 사쿠는 아키가 숨을 죽인다는 걸 알아챘다.

"딱히."

사쿠는 곧이어 문이 닫히는 소리를 듣고는 저도 모르게 쥐고 있던 오른 주먹을 왼손으로 감쌌다. 아까 아즈사가 한 말이 귓가에 맴돌았다.

"아키가 육상을 그만뒀대. ……지겨워서래."

거짓말이다. 그럴 리가 없다. 아키에게 육상은 매우 특별한 의미다. 아키는 그 무엇보다 육상을 좋아했을뿐더러, 거기에 완전히 미쳐 있었다.

초등학교 6학년이 되면서 아키는 차츰 말수가 줄어들었다. 걸 핏하면 반항을 해서 엄마와 충돌하는가 하면, 밤늦도록 밖으로 쏘다니는 날이 허다했다. 반 아이들과 싸움질을 해서 부모님이 학교에 여러 차례 불려가기도 했고, 어느 날에는 머리를 노랗게 탈색하고 들어오기도 했다. 아빠가 그걸 두고 주의를 주자 막무가내로 대들기까지 했다. 어쩌면 아키는 남들보다 사춘기를 심하게 겪었는지도 모른다. 그때는 부모님도, 선생님들도 아키 때문에 애를 먹었다. 그런 아키를 바꿔 놓은 것이 바로 육상이었다.

중학교에 입학하고 얼마 되지 않아, 담임 선생님은 자신이 지도하는 육상부에 아키를 반강제로 참여시켰다고 했다. 그것이 시작이었다고, 언젠가 아키가 지나가듯 말했다.

그 후로 아키는 달리기에 푹 빠져들었다. 학교도 꼬박꼬박 나갔고, 수업에도 빠지지 않았다. 노랗게 탈색한 머리는 짧게 깎은 뒤 검은색으로 염색을 했다. 교우 관계가 좋다고 할 정도는 아니었지만 더 이상 싸움질을 하지는 않았다. 아침저녁으로 달리고, 세끼를 다 챙겨 먹고, 제시간에 잠드는 생활……. 이전의 아키에게서는 기대하거나 상상할 수 없었던 일상이었다.

육상을 시작한 첫해 겨울, 아키는 지도 교사의 권유로 종목을 장거리 달리기로 바꾸었다. 그게 아키에게 잘 맞았던 모양이었다. 2학년이 되면서 기록도 좋아지고 대회에서도 꽤 괜찮은 성적을 올렸다. 그때부터 아키는 유망한 선수로 주목받기 시작했다. 언젠가 지방 대회에 취재를 나온 지역 신문 기자가 '주목받는 선수'로 세 명을 인터뷰한 일이 있었다. 그중 한 명이었던 아키의 답은 매우 간단하고 명료했다.

"달리는 게 좋아서."

그때 사쿠는 그 인터뷰 내용이 참 아키답다고 생각했다. 마침내 열의를 쏟을 대상을 찾아낸 동생이 한없이 부럽기도 했다. 그런데 육상을 관뒀다고? 그것도 지겨워서?

"정말 괜찮겠니? 엄마가 차로 데려다줄까?"

엄마는 어제부터 몇 번이나 같은 말을 되풀이했다. 사쿠는 거의 질리기 직전이었다.

"무슨 일이라도 생기면 어쩌려고……."

"엄마, 내가 몇 살인데 그래? 아즈사도 함께 갈 거고, 걱정 안 해도 된다고요."

한숨을 쉬는 사쿠 옆에서 아즈사가 웃으며 거들었다.

"아줌마, 이 시간대에는 지하철도 안 붐벼요."

엄마는 포기한 듯이 크게 한숨을 내쉬었다.

"그럼 조심해서 다녀와. 도착하면 전화하는 거 잊지……."

"엄마!"

사쿠가 엄마 말을 툭 끊었다.

"아, 알았어. 아즈사, 부탁한다. 조심해."

"네."

사쿠는 고개를 끄덕이면서 흰 지팡이를 손에 들고 현관문을 밀었다.

사쿠가 집에 돌아온 지도 어느덧 한 달이 되었다. 그동안 외출이라고는 집 앞 가게와 공원까지가 전부였다. 지하철을 타는 것은 오늘이 처음이었다.

"우리 엄마, 혹시 아직도 보고 있지 않아?"

"설마."

아즈사는 뒤를 돌아보고는 "앗!" 하고 나직하게 소리쳤다.

"와, 어떻게 알았어?"

"이십 년 가까이 엄마 아들로 살아왔으니까."

사쿠는 아즈사의 반응에 씁쓸히 웃었다.

둘은 지하철역으로 가서 도쿄행 급행 전철을 탔다. 아즈사는 사쿠의 팔을 잡은 채 빈자리로 이끌었다.

"한산해서 다행이다."

사쿠 얼굴이 아까보다 한결 누그러져 있었다.

밖에서 걸을 때면 사쿠는 말수도 적어지고 표정도 굳어졌다. 나란히 걷다 보면 그 긴장감이 아즈사에게까지 고스란히 전해져 왔다.

"평일 낮 시간대니까."

아즈사는 사쿠와 이런저런 이야기를 나누다가 무심코 앞을 바라보았다. 앞자리에 앉은 중년 아줌마의 시선이 사쿠의 흰 지팡이에 계속 머물러 있었다. 아즈사는 그 아줌마를 일부러 빤히 쳐다보았다. 그러다 허공에서 눈이 마주치자 아줌마는 괜스레 눈을 깜박거리면서 시선을 피했다.

"왜 그래?"

"어? 아무것도 아냐. 그나저나 지금 만나러 가는 사람, 맹학교 선생님이지?"

"아, 선생님은 아니야. 사카노 아저씨라고, 한 달에 한두 번 학교에 왔던 분이야."

"자원 봉사자?"

"비슷해."

"아아……."

아즈사가 말끝을 흐렸다.

"왜?"

사쿠가 고개를 갸웃거리며 물었다. 그러자 아즈사가 볼멘소리를 내뱉었다.

"그럼 신경 좀 써 줄 것이지."

"뭘?"

"너네 집 근처로 와서 만나도 되잖아."

아즈사는 창밖으로 눈길을 돌렸다.

"그건 아닌 거 같은데?"

"왜?"

"내가 연락하는 바람에 애써 짬을 내주는 거니까."

"아무리 그래도……."

"아즈사, 혹시 사카노 아저씨가 시각 장애인인 나를 위해 더 배려해 줘야 한다고 생각하는 거야?"

아즈사의 시선이 아래로 툭 떨어졌다.

"나는 오히려 기뻤는걸. 사카노 아저씨가 신주쿠에서 만나자고 해서. 뭐, 결국 너를 성가시게 하고는 있지만."

"하나도 성가시지 않거든!"

"……고마워."

"고맙단 말 안 해도 돼. 오랜만에 둘이서 외출하는 거잖아? 나도 좋아."

아즈사 말에 사쿠는 부드럽게 미소를 지었다.

삼십 분쯤 지나서 신주쿠역에 도착했다. 지하철 안은 한산했지만 신주쿠역은 평일 낮인데도 사람이 꽤 많았다.

플랫폼에 발을 내딛는 순간, 출발을 알리는 신호음과 안내 방송, 오가는 사람들의 발소리에 말소리까지 한데 뒤섞였다. 그 모든 소리가 사쿠의 귓속으로 홍수처럼 한꺼번에 밀려들었다. 흰 지팡이를 쥔 손에 땀이 흥건하게 배었다. 가까스로 심호흡을 하고서 지팡이를 꽉 쥐었을 때, 누군가가 뒤에서 어깨를 세차게 부딪쳤다. 그 바람에 사쿠는 몸이 기우뚱하면서 방향 감각을 잃고 말았다.

"사쿠, 괜찮아?"

아즈사가 다급히 사쿠의 팔을 붙잡았다. 사쿠는 가까스로 고개를 끄덕이긴 했지만 목소리가 새어 나오지 않았다. 앞, 옆, 뒤, 모든 방향에서 사람들이 정신없이 오갔다. 지팡이를 섣불리 움직였다간 넘어질 것만 같았다. 아즈사가 사쿠의 팔을 자기 쪽으로 당겨 몸을 착 붙였다.

"에스컬레이터가 점검 중이야. 계단으로 가야겠어."

"응, 괜찮아."

아즈사가 계단 앞에서 걸음을 멈추자 뒤에서 오던 남자가 쯧, 하고 혀를 차면서 계단을 올라갔다. 사쿠는 발바닥으로 바닥을 더듬으며 둥근 모양의 점자 블록을 찾았다.

"난간을 잡고 올라가는 게 좋겠지?"

아즈사가 오른쪽으로 가더니 사쿠의 등에 손을 얹었다. 사쿠는 흰 지팡이로 계단의 높이와 폭을 가늠한 다음, 천천히 계단에 발을 올려놓았다. 잔뜩 긴장한 탓인지, 겨드랑이에 땀이 차면서 호흡이 가빠졌다.

"조금만 더."

아즈사가 말했다. 곧이어 난간이 손에 잡혔다. 발바닥에 점자 블록도 느껴졌다.

그 전에 신주쿠역에는 수없이 와 봤다. 그래서 플랫폼에서 개찰구에 이르는 길이 머릿속에 대강은 그려져 있었다. 하지만 방향 감각을 잃어버리는 순간, 머릿속에 그려 둔 신주쿠역의 구조가 송두리째 무너져 버렸다.

사쿠가 나직한 소리로 웅얼거렸다.

"미안."

"왜?"

"아냐."

사쿠는 이내 고개를 저었다.

약속 장소는 역에서 도보로 오 분 거리에 있는 카페였다. 카페

문을 열자 딸랑딸랑 종소리가 울렸다. 뒤이어 커피 향이 향긋하게 번졌다.

"사쿠!"

가게 안쪽에서 사카노 아저씨 목소리가 들렸다. 사쿠는 안도한 듯 휴우, 하고 숨을 내쉰 뒤 목소리가 난 쪽으로 몸을 돌렸다. 아즈사도 같은 방향을 바라보았다. 창가 쪽 자리에서 마흔 살쯤 돼 보이는 호리호리한 남자가 오른손을 들어 보였다.

"건강해 보이는군."

"사카노 아저씨는요?"

"그럭저럭. 으음, 이 여자분은?"

사카노 아저씨가 아즈사를 향해 미소 지었다.

"가미시로 아즈사입니다. 처음 뵙겠습니다."

"반가워요. 사쿠, 여자 친구 있었던 거야? 말을 안 하니까 알 수가 있어야지."

"묻지도 않는 걸 굳이 얘기할 필요 없잖아요."

사쿠가 피식 웃었다.

"자, 자, 앉자고. 사쿠, 커피 좋아하지? 이 집 커피 맛있어. 아즈사 양은 뭐 마실래요?"

사카노 아저씨는 메뉴판을 펼쳐 아즈사 쪽으로 돌려 주었다.

"같은 걸로 할게요."

사카노 아저씨는 커피를 세 잔 주문한 뒤 이렇게 말했다.

"물컵은 바로 앞에, 물수건은 그 왼쪽에 둘게."

사쿠는 물컵을 들어 목을 축이고는 말문을 열었다.

"고맙습니다. 그리고 전화로 말씀드린 거 말인데요."

"아, 블라인드 마라톤?"

"저, 그거 해 보고 싶어요."

순간, 아즈사가 목소리를 높였다.

"뭐?"

그 소리에 놀랐는지 사카노 아저씨가 얼굴을 번쩍 쳐들었다. 아즈사가 사쿠를 흘끗 보며 말했다.

"아, 죄송해요. 좀 놀라서요."

그때 종업원이 커피잔을 탁자 위에 내려놓고 돌아갔다.

"주문하신 커피 나왔습니다."

사쿠가 등을 쭉 펴며 말했다.

"운동은 초등학교 때 했던 게 전부예요. 달리기도 잘한 적이 없고요. 그리고 체력도 자신이 없지만……."

사카노 아저씨는 고개를 끄덕이고는 의자 등받이에서 몸을 떼었다.

"체력은 신경 쓰지 않아도 돼. 훈련을 하다 보면 저절로 좋아질 테니까. 그리고 마라톤이라고 해서 꼭 42.195킬로미터를 다 달려야 하는 것도 아니거든. 하프 마라톤 대회도 있고, 5킬로미터나 10킬로미터 경기도 있지."

"저, 사카노 아저씨는 어떤……."

아즈사가 머뭇머뭇 대화에 끼어들자 사쿠가 싱긋이 웃으며 대꾸했다.

"아, 맹학교 선생님 중에 블라인드 마라톤을 하는 분이 있는데, 사카노 아저씨가 가이드 러너로 함께 뛰어 주고 계셔. 육상부 코치도 맡고 계시고."

"말이 코치지, 한 달에 두어 번 정도 가. 뭐, 나야 아무래도 좋지만."

사카노 아저씨는 이마를 문지르면서 어깨를 으쓱했다.

"사쿠가 해 보고 싶다면 나도 당연히 도와야지. 일단은 훈련이 문제인데, 일요일마다 요요기 공원에 모여서 훈련을 하긴 해. 거기서 함께하는 게 어떨까?"

"요요기 공원이요?"

"응, 매월 첫째 주 일요일에……."

"따로 준비할 것 없이 바로 참여할 수 있는 건가요?"

사카노 아저씨가 히죽 웃으며 대답했다.

"각자 할 수 있는 선에서만 훈련을 하는 거니까 크게 걱정할 건 없어. 걷기만 하는 사람도 있거든. 운동복과 신발만 제대로 갖추고 오면 가이드 러너를 붙여 주기도 하고."

"저, 가이드 러너 말인데요."

"응?"

"거기서 훈련할 때 가이드 러너랑 함께 가도 돼요?"

"어, 벌써 정한 거야?"

사카노 아저씨가 놀란 얼굴로 묻자 사쿠는 곧바로 고개를 끄덕였다.

"아, 혹시 이 여자 친구?"

"아니요, 동생에게 부탁해 볼 생각이에요."

아즈사는 목구멍까지 올라온 말을 꿀꺽 삼키며 사쿠의 옆얼굴을 바라보았다.

"동생이라……, 지금 몇 살이지?"

"고등학교 1학년이에요."

사카노 아저씨는 끄응, 하더니 커피잔을 입으로 가져갔다.

"고등학생은 안 돼요?"

"안 된다는 규정은 없어. 하지만 형제가 같이한다는 게 결코 쉽지 않을 거야."

사카노 아저씨는 달그랑 소리가 나게 커피잔을 받침에 내려놓았다.

"그래도 동생한테 가이드를 부탁하고 싶어요."

사카노 아저씨는 사쿠를 지그시 바라보더니 천천히 고개를 끄덕였다.

"그럼 돌아오는 일요일에 요요기 공원에 올 수 있겠어? 내가 나와서 지도해 줄게."

"그날은 훈련하는 날이 아니잖아요?"

"이번 달은 벌써 끝났어. 요요기 공원에서는 다른 단체도 훈련을 하고 있으니까 거기에 합류할 수도 있겠지만, 아무래도 첫 훈련은 나하고 하는 게 편하지 않을까?"

"그건 그렇죠. 네, 알겠습니다."

"그럼 일요일에 둘이서 와. 참, 훈련을 하기 전에 기초적인 이론 정도는 미리 알아 둬야 해."

사카노 아저씨의 말투는 아주 부드러운데도 묘하게 단호함이 느껴졌다.

"누구라도 가이드 러너를 할 수 있어. 특별한 기술이 필요한 건 아니거든. 하지만 시각 장애인에 대한 기초적인 지식이 없거나 가이드 러너가 무엇을 조심해야 하는지도 모르는 채로 훈련을 시작해선 안 돼."

"알겠습니다. 잘 부탁드려요."

사카노 아저씨는 한 시간 남짓 이야기를 더 나누고 나서 먼저 일어섰다. 아즈사는 딸기 파르페를 추가로 주문했다. 그러고는 사쿠를 가만히 바라보았다. 그러다 한참 만에 입을 열었다.

"아키를 위해서야?"

"어?"

"블라인드 마라톤 말이야."

"그런 거 아냐."

"그럼 왜?"

사쿠는 물방울이 맺힌 유리잔을 손가락으로 더듬었다.

"그냥. 뭐라도 시작해 보고 싶어서."

"너, 달리는 거 안 좋아하잖아. 뭐라도 시작해 보고 싶은 마음은 알겠는데, 마라톤이랑은 너무 안 어울려서."

사쿠는 다 식은 커피를 한 모금 마셨다.

"그래서 해 보려고. 지금까지의 나와는 다른 걸 해 보고 싶거든. 그렇다면 눈이 보일 때의 나라면 절대로 하지 않을 일에 도전하는 게 좋겠다 싶어서."

"늦네."

엄마는 아까부터 오 분 간격으로 같은 말을 되풀이하고 있었다. 아키는 그런 엄마에게 진저리를 치면서 만두를 집어 입으로 가져갔다.

"아키, 사쿠한테 전화 좀 해 봐."

"내가 왜?"

"엄마가 전화하는 건 좀 그렇잖니?"

그걸 알면 좀 내버려 두지. 아키는 속으로 그렇게 중얼거리면서 맑은 된장국을 후루룩 들이켰다.

"듣고 있는 거야?"

"겨우 7시밖에 안 됐네 뭐. 초등학생도 아니고."

엄마는 기분이 상했는지 매섭게 쏘아붙였다.

"넌 애가 왜 그렇게 맨날 냉정하니?"

"아즈사 누나가 함께 있는데 뭐가 걱정이야? 무슨 일 있으면 연락하겠지."

아키는 젓가락을 접시 위에 내려놓고 벌떡 일어났다. 밥그릇에는 아직 밥이 절반이나 남아 있었다.

"다 먹었어?"

"응."

"나중에 배고프단 소리 하지 마."

등 뒤에서 엄마가 소리를 빽 질렀다. 에잇, 쯧! 아키는 계단을 올라가면서 짜증스럽게 혀를 찼다.

엄마가 형을 걱정하는 마음은 알고도 남았다. 하지만 형은 누구에게든 걱정거리가 되고 싶어 하지 않았다. 누군가에게든 의지하는 걸 질색하는 성격이었다.

아키는 이어폰을 귀에 꽂고 휴대폰의 음량을 높인 뒤 침대에 벌러덩 드러누웠다. 바로 그때 휴대폰에서 수신음이 울렸다.

"에잇, 누구야?"

휴대폰 화면을 터치하자 귀에 익은 목소리가 들렸다. 형이었다. 아키는 반사적으로 침대에서 벌떡 일어났다.

"왜, 무슨 일 있어?"

"다짜고짜 뭔 소리야?"

휴대폰 너머에서 들려오는 사쿠의 목소리는 여느 때처럼 웃음기를 머금고 있었다.

"지금 좀 나올 수 있어?"

"……왜?"

"같이 밥 먹자. 가끔 밖에서 만나는 것도 좋잖아."

"벌써 먹었는데?"

"빨리 먹었네? 아무튼 나와. 역 앞 패밀리 레스토랑이야."

"아, 근데……."

뚜, 뚜, 뚜.

"에잇, 자기 할 말만 하고."

아키는 이렇게 투덜거리며 침대에서 내려왔다. 방에서 나와 거실을 슬쩍 내려다보니, 엄마는 텔레비전을 보면서 빨래를 개키고 있었다. 나갔다 오겠다고 하면 어디 가는지 꼬치꼬치 캐물으면서 잔소리를 퍼부을 게 뻔했다. 아키는 아무 말 없이 현관 밖으로 살그머니 나갔다.

얼마 뒤 패밀리 레스토랑에 도착해 유리문을 밀고 들어가자 손님들이 줄을 선 채 자리가 나기를 기다리고 있었다. 아키는 그 사이를 뚫고 안으로 들어갔다. 안쪽 탁자에서 아즈사가 손을 흔들었다. 고개를 푹 수그린 채 잰걸음으로 그쪽으로 다가가자, 아즈사가 자리에서 일어나 사쿠 옆으로 옮겨 앉았다.

"왔어?"

사쿠가 오른손을 들어 올렸다. 아키가 맞은편에 자리를 잡아 앉자 아즈사가 미안한 표정으로 말했다.

"아키, 갑자기 불러내서 미안해."

"누나가 미안해할 건 없지. 딱히 할 일도 없었고."

"그럴 줄 알았어."

아키는 천연덕스럽게 말하는 사쿠를 보고는 어이없는 표정을 지으면서 메뉴판을 펼쳤다.

"먹고 싶은 거 다 주문해도 돼."

"어?"

아키가 깜짝 놀라 얼굴을 들자 사쿠가 피식 웃으며 말했다.

"초능력자 같지? 메뉴판 보는 걸 어떻게 알았나 싶잖아."

"아니, 뭐……."

"당연히 그런 생각이 들지. 나도 종종 놀라거든."

아즈사가 부드럽게 말하며 눈을 찡긋했다.

"그렇게 대단한 건 아냐. 생각해 봐. 음식점에 와서 자리에 앉으면 먼저 메뉴판을 볼 거 아냐? 메뉴판을 집어 들거나 펼치는 소리도 나고."

"에이, 뭐야."

아즈사가 과장되게 반응하며 어깨를 으쓱 들어 올리자, 사쿠의 얼굴에 씁쓸한 미소가 떠올랐다. 아키는 두 사람에게서 눈길을 돌리며 종업원을 소리쳐 불렀다.

"이거랑 이거 주세요."

"오므라이스 하나, 알겠습니다. 음료는 드링크 바 이용하실 거죠?"

종업원이 말했다. 아키가 고개를 끄덕이고 나서 얼굴을 들자 뭐가 우스운지 사쿠가 큭큭거렸다.

"너, 아까 저녁 먹었다고 하지 않았니?"

"그렇다고 안 먹어? 음식점에 왔는데. 근데 무슨 일이야?"

"마실 것 먼저 가져오지? 나도 커피 좀 가져다주고."

그러자 아즈사가 나섰다.

"커피는 내가 가져올게. 둘이 이야기 나누고 있어. 아키, 넌 뭐 마실래?"

"콜라."

아즈사가 자리를 뜨자 사쿠는 탁자에 팔꿈치를 올린 뒤 두 손을 깍지 끼었다.

"너, 탄산음료 마시는구나?"

"어?"

"중학교 때는 안 마셨잖아."

"그건 그냥."

아키는 중학교 때 육상을 시작하면서부터 탄산음료를 마시지 않았다. 고작 음료 하나로 기록이 크게 달라지진 않겠지만 잘하고 싶은 마음에 지도 교사의 조언을 그저 충실히 따랐다.

사쿠는 손깍지를 풀고 등줄기를 폈다.

"부탁이 있어."

"나한테? 갑자기 뭘……."

아키는 괜히 멋쩍은 기분이 들어서 손으로 턱을 괴었다.

"아키 너만 할 수 있는 일이야."

"나만?"

사쿠가 고개를 끄덕이며 나직이 말했다.

"내 가이드 러너가 되어 줘."

"……가이드 러너?"

"나, 블라인드 마라톤을 해 볼까 해."

"자, 잠깐만."

"아, 블라인드 마라톤이란 건 말이지."

"아니, 그건 나도 알아."

블라인드 마라톤에 대해서는 전부터 알고 있었다. 중학교 때 어느 경기장에서 두 러너가 고리 모양의 끈을 잡고 함께 뛰는 광경을 본 적이 있었다. 그들의 가슴팍에는 각각 '시각 장애인'과 '가이드 러너'라고 쓰여 있었다. 아무리 가이드 러너가 있다 해도 앞이 보이지 않는 사람이 그렇게 빨리 달릴 수 있다는 사실이 놀라워서 한동안 넋을 잃고 바라보았더랬다.

"아, 그럼 다행이네."

"그게 아니고, 무슨 말인지 모르겠어서. 형이 마라톤을 하겠다고?"

"응."

아키는 유리컵의 물을 단숨에 들이켰다.

"왜?"

"해 보고 싶어. 왜, 안 돼?"

"자, 음료수 가져왔어."

그때 아즈사가 조그만 쟁반에 음료를 받쳐 들고 돌아왔다.

"뭐, 안 된다는 건 아니지만……."

"뭔가 새로운 거, 그동안 한 번도 시도해 보지 않았던 걸 해 보고 싶어서 그래. 이거 볼래?"

사쿠는 발밑에 있는 종이 가방에서 러닝화를 꺼내 보여 주었다.

"아까 샀어."

사쿠의 너무나 평온한 말투가 아키의 마음을 더 심란하게 만들었다.

"형이 마라톤을 어떻게 하겠다는 거야?"

"해 보지 않고선 모르잖아."

"해 보지 않아도 뻔히 보이잖아!"

아키의 목소리가 다소 거칠어졌다. 때마침 오므라이스를 들고 온 종업원이 그 모습을 보고 놀라서 걸음을 멈췄다.

"주문하신 오므라이스 나왔습니다. 맛있게 드세요."

종업원은 오므라이스 접시를 아키 앞에 내려놓고는 빠른 걸음으로 돌아갔다. 아즈사가 애써 웃음을 지으며 말했다.

"와, 맛있겠다. 자, 자, 따뜻할 때 먹어. 이야기는 밥 먹고 나서 천천히 해도 되잖아. 사쿠, 커피 앞에 놓을게."

아키는 못마땅한 얼굴로 숟가락을 오므라이스에 푹 꽂았다. 사쿠는 커피잔을 조심스럽게 들어 올렸다.

"아, 맛있다."

"패밀리 레스토랑 커피가? 아까 그 카페 커피가 더 맛있던데. 참, 아까는 거의 안 마셨지?"

아즈사가 말하자 사쿠가 대꾸했다.

"낯선 곳에서는 되도록 음료를 마시지 않으려고 해. 커피는 이뇨 작용을 하니까 더더욱……."

아키는 오므라이스를 입에 넣으면서 사쿠를 힐끗 보았다. 아즈사가 시무룩한 얼굴로 물었다.

"화장실 때문에? 나한테 말하면 같이 가 줄 텐데."

"괜찮아. 화장실마다 구조가 다 다르거든. 물 내리는 버튼이나 세면대 위치 같은 거 말이야. 그리고 여친한테 어떻게 남자 화장실 안까지 같이 가자고 하냐?"

아즈사는 장난스럽게 말하는 사쿠를 멀거니 쳐다보다가 가만히 시선을 떨구었다.

"가게에서 일하는 분한테 부탁할 수도 있지만 괜히 폐를 끼치는 것 같아서. 그렇지 않아도 주변 사람들이 나 때문에 신경을 많이 쓰고 있잖아. 곤란할 일은 아예 안 만들면 돼."

사쿠 말을 잠자코 듣고 있던 아키가 별안간 숟가락을 탕! 소리가 나게 내려놓았다.

"벌써 다 먹었어? 빨리 먹으면 소화에 안……."

"어우, 저기 말야."

아키는 사쿠의 말을 싹둑 자르더니 이렇게 내뱉었다.

"아즈사 누나한테 그런 말 하지 마."

"그런 말이라니?"

사쿠가 되물었다.

"그런 말이 그런 말이지."

"정확하게 말해 봐."

"아즈사 누나한테 상처 주는 말 하지 말라고."

"나는 괜찮은데……."

아즈사가 당황스런 표정으로 고개를 흔들었다.

"아즈사 누나는 형을 위해서 애쓰고 있는데, 전혀 도움이 안된다는 것처럼 말하잖아."

"내가 언제 그랬어?"

"했어. 아즈사 누나 얼굴 보면 알……."

"아키!"

아즈사가 냅다 소리를 지르자 아키는 깜짝 놀라서 입을 다물었다.

"아, 괜찮아. 내가 아즈사 얼굴을 못 보는 건 사실이니까. 미안……."

"네가 사과할 일 아냐. 자, 자, 빨리 먹어."

아키는 말없이 남은 오므라이스를 꾸역꾸역 먹었다.

"잘 먹었어."

아키가 숟가락을 접시에 내려놓자 사쿠가 기다렸다는 듯이 입을 열었다.

"아까 그 얘기 말인데……."

"못 해."

"단칼에 거절하는구나? 대체 왜 못 하는데?"

사쿠가 웃으면서 몸을 앞으로 쑥 내밀었다.

"그냥 못 해. 그리고 왜 하필 나야?"

"내 주변에서 달릴 수 있는 사람은 너뿐이잖아. 가이드 러너는 러너보다 잘 달리는 사람이 좋대."

"……그런 사람이야 사방에 널리고 널렸지."

"아, 좀 찾아봤는데 하나도 없더라."

"있어."

아즈사는 형제의 대화를 가만히 지켜보았다. 그런데 사쿠의 의중을 헤아릴 수가 없었다. 달리고 싶다는 말이 진심일까? 아키가 육상을 그만두었다는 말을 했을 때, 사쿠는 몹시 놀라는 눈치였다. 동시에 화가 난 것처럼 보이기도 했다.

"좋아, 있다고 쳐. 그럼 그 사람이 매일 나랑 훈련을 해 줄까?"

"뭐?"

"이왕 할 거면 제대로 해야지. 나는 뭘 하든 대충 하는 건 질색이란 거 너도 알지?"

아키는 시선을 아래로 떨어뜨렸다.

"나, 그만뒀어. 육상……."

"알아."

아키는 얼굴을 번쩍 들었다. 사쿠의 눈동자에 아키의 얼굴이 비쳤다.

"그만뒀다고 못 할 건 없잖아?"

형은 다 알고 있으면서 나에게 가이드 러너를 시키려는 건가? 아키는 고개를 흔들었다.

"그러니까 난 더 이상 달리기를 하지 않을 거라고."

"왜?"

아키는 창밖으로 시선을 돌렸다.

"달리는 게 싫어졌어. 흥미가 없어졌거든."

"거짓말하지 마."

"거짓말 아니야!"

아키는 몸 안에서 불덩이 같은 게 치솟는 걸 느끼고 침을 꿀꺽 삼켰다.

"흥미가 없어졌다면 할 수 없지. 육상을 그만두든 말든 그건 네 문제니까 내가 왈가왈부할 일이 아니지. 그것과는 별개로 부탁할게. 내 가이드 러너를 해 줬으면 좋겠다."

"무슨 말인지 모르겠네. 그거나 이거나 똑같은 말이잖아."

"다르지. 선수로 달리라는 게 아니니까. 그리고 내 가이드 러너로 뛰는 건 너한테 달리는 축에도 안 들걸."

사쿠는 이렇게 말하며 미소를 지었다. 아키는 시무룩한 얼굴로 창밖을 내다보았다. 그때 아즈사가 한숨을 내쉬며 슬며시 끼어들었다.

"사쿠 넌 한번 말을 꺼내고 나면 절대로 물러서지 않더라."

"어, 내가? 글쎄, 그런가?"

아키는 고개를 갸우뚱하는 사쿠를 흘끗 보면서 이렇게 웅얼거렸다.

"아즈사 누나 말이 맞아."

원체 부드럽고 다정한 성격의 형은 남과 타협을 잘하고, 필요하면 한두 걸음 물러설 줄도 알았다. 하지만 한번 뱉은 말은 고집스럽게 끝까지 양보하지 않았다.

초등학생 때, 같은 반 친구의 부탁으로 동네 축구팀에 머릿수를 채우러 들어갔을 때도 그랬다. 특별히 축구를 좋아하지도 않았고, 시합에서 대단한 활약을 할 리도 없었다. 하지만 형은 연습에 나가기 위해 몇 년간 다니던 수영 교실을 그만두었다.

수영은 형이 유일하게 잘하는 운동이었다. 심지어 수영 클럽에서 선수반으로 옮기지 않겠느냐고 권유할 정도였다. 엄마는 수영을 계속하라고 설득했지만 형은 끝까지 요지부동이었다.

"수영은 내가 못해서 그만두는 것처럼 보이지 않지만, 축구는 하지 않는다면 도망치는 것처럼 보일 거야."

고등학교 입시 때도 그랬다. 담임 선생님과 부모님의 반대를 무릅쓴 채 기어코 사립 학교에는 원서를 쓰지 않았다. 오로지 공립 고등학교 입시에만 매달렸다. 도망칠 길을 만들어 두면 마음이 약해진다나 뭐라나?

맹학교에 들어갈 때도 마찬가지였다. 형은 일단 말을 꺼내면 물러서는 법이 없었다.

아키는 유리창에 비친 사쿠의 옆얼굴을 바라보다가 지그시 눈을 감았다. 다시는 달리지 않겠다고, 육상과는 연을 끊겠다고, 그때 굳게 결심했다.

"아키, 난 사고를 당한 뒤로 많은 걸 포기했어. 그렇게 사는 건 너무 힘들다. 그래서 하고 싶은 건 해 보려고."

아키는 입술을 꽉 깨물었다. 자신도 소중한 것을 포기했지만 형에 비할 순 없었다. 고작 육상을 그만둔 것만으로 잘못을 씻을 수 있다고 생각하지도 않았다. 하지만 더 이상 달리지 않기로 마음먹었을 때 마음이 아주 조금 편안해졌다. 소중한 것을 함께 잃고 고통을 느끼는 것으로 마음이 조금이나마 가벼워졌다고나 할까?

"너만이 해 줄 수 있는 일이야."

그동안 줄곧 형에게 도움이 되고 싶었다. 내가 할 수 있는 일이 뭐가 없을까, 나를 의지해 줬으면……, 하고 간절히 바랐다. 그런데 하필 형이 바라는 것이 달리기라니!

아키는 숨을 크게 내쉬었다.

"할게."

"응? 정말!"

"어차피 할 일도 없고, 뭐."

아키의 대답을 듣고 나자 사쿠는 긴장이 풀린 듯 의자 등받이에 몸을 기댔다.

"아키, 이번 일요일에 시간 있지?"

"내가 뭐 그렇게 한가한 줄 알아?"

아키는 퉁명스레 받아치면서도 "시간 있어." 하고는 컵에 남은 콜라를 단숨에 마셔 버렸다. 얼음이 다 녹아 밍밍했다.

"그럼 일요일에 같이 가는 거다. 요요기 공원에서 아는 분이 훈련하는 거 봐주기로 했거든. 알았지?"

그러고는 주머니에서 휴대폰을 꺼내 귀에 갖다 댔다.

"여보세요? 아, 지금 역 앞 패밀리 레스토랑. 아즈사랑 아키랑 함께 있는데. ……아, 미안. 아키는 내가 불러냈어. ……괜찮아. ……응, ……알아요. 그럼 끊어요."

"아줌마야?"

"응."

사쿠는 휴대폰을 탁자 위에 내려놓고 한숨을 내쉬었다.

"미리 연락드릴 걸 그랬어. 걱정하셨겠네."

아즈사 말에 아키가 콧방귀를 뀌었다.

"그 사람, 항상 그렇게 호들갑이라니까."

"엄마한테 그 사람이 뭐냐? 너도 말이라도 좀 하고 나오지. 엄마가 너 없어졌다고 걱정하더라."

걱정? 아키는 입속에서 비아냥거렸다. 아즈사가 염려스런 얼굴로 아키를 바라보았다.

"아키, 무슨 일 있었어?"

"아니, 나갔다 오겠다고 하면 또 잔소리할까 봐 그냥 나왔지. 근데 형이 마라톤한다는 말을 들으면 졸도하지 않을까 몰라."

사쿠가 눈꼬리를 내리며 소리 내어 웃었다.

"괜찮아, 네가 가이드 러너 해 줄 거니까."

아니, 오히려 그 반대일걸. 아키는 목구멍까지 차오른 말을 꿀꺽 삼켰다.

"사쿠!"

요요기 공원의 하라주쿠 쪽 입구로 들어서자 맞은편에서 사쿠를 부르는 소리가 났다.

"아, 사카노 아저씨다!"

사쿠 말에 아키는 얼굴을 번쩍 들었다. 키가 크고 호리호리한 체격의 아저씨가 운동복 차림으로 시계탑 아래서 손을 흔들고 있었다. 아키는 사쿠의 팔을 잡고 시계탑 쪽으로 향했다.

"어서 와."

"오셨어요? 일요일인데 죄송해요, 사카노 아저씨."

"괜찮아, 쉬는 날은 어차피 빈둥빈둥하면서 보내는걸."

사카노 아저씨는 유쾌하게 웃으며 대꾸했다.

"지하철 환승은 어땠어? 일요일이긴 해도 조금 붐비지?"

"오늘은 아빠 차로 왔어요."

"그래, 차로 올 수 있을 땐 그러는 게 좋지. 처음부터 혼자 힘으로 다 하려고 하지 않아도 돼."

사쿠는 고개를 끄덕이고 아키의 등에 손을 얹었다.

"동생 아키입니다."

사쿠에게 등을 떠밀린 아키는 고개를 까딱 숙여 인사를 했다. 사카노 아저씨가 오른손을 내밀었다.

"아, 반가워요. 나는 사카노예요. 잘 부탁할게요. 근데 아키는 어떤 한자를 쓰지?"

"새롭다〔新〕는 의미예요."

아키가 나직이 대답했다. 사카노 아저씨는 좋은 이름이라고 하면서 너털웃음을 지었다. 칫, 이름이 뭐가 대수라고. 아키는 팔꿈치로 사쿠의 팔을 쿡 찔렀지만 형은 모른 척했다.

초록 잎이 무성한 나무들 사이로 얼마간 걸어가자 이내 중앙 광장이 나왔다. 꽤 많은 러너들이 훈련을 하고 있었다.

"나무 냄새가 진하네요."

사쿠가 턱을 들어 올렸다.

"아침까지 비가 내렸으니까. 오늘은 간만에 날이 맑아서 많이들 달리러 올 거야, 아마."

사카노 아저씨는 사쿠에게 자신의 팔을 잡게 한 뒤 러닝 코스의 가장자리를 걸었다. 그때 뒤에서 발소리가 가까워지더니 젊은 러너들이 앞질러 갔다.

"중앙 광장 바깥 둘레가 러닝 코스로 돼 있어. 한 바퀴는 대략 1.15킬로미터. 바닥은 아스팔트고, 너비는 약 6미터야. 제법 넓지? 러닝 코스치고는 바닥이 평평해서 초보자도 뛰기 쉬워."

아키는 사카노 아저씨의 말 한 마디 한 마디를 사뭇 진지한 표정으로 들으며 연방 고개를 끄덕이는 사쿠를 보고 속으로 좀 놀랐다. 러닝 코스의 폭이 얼마나 넓은지, 바닥이 어떤 재질로 되어 있는지, 뒤에서 오는 러너가 어느 정도 속도로 달리는지 하는 것 따위는 그저 휙 둘러보기만 해도 한눈에 파악되었다. 하지만 눈이 보이지 않는 사쿠에게는 이러한 정보가 전부 차단되어 있었다.

광장 안으로 들어가자 사카노 아저씨는 왼쪽의 정자에 배낭을 내려놓았다. 그러고는 사쿠에게 벤치와 탁자의 위치를 알려 주었다. 세 사람은 먼저 준비 운동을 했다. 사카노 아저씨는 허리에 찬 가방에서 고리 모양의 끈과 눈가리개를 꺼냈다.

"러너와 파트너를 이어 주는 끈이야. 파트너는 같이 뛰는 사람을 말해. 가이드 러너라고도 하지."

사카노 아저씨가 사쿠의 손에 끈을 쥐여 주었다.

"꽤 기네요."

"국제 기준은 50센티미터 이내야. 이 끈을 그대로 한 겹으로 쓰기도 하고, 접어서 두 겹으로 쓰기도 하지."

"예, 근데 어느 쪽이 좋아요?"

사쿠가 고개를 갸우뚱하며 물었다.

"어느 쪽이 더 좋다고 하긴 어려워. 한 겹으로 쓰면 러너와 파트너의 거리가 벌어지기 때문에 서로가 좀 더 자유롭지. 반면에 두 겹으로 쓰면 안심이 돼서 편하다고 해."

사쿠가 끈을 두 겹으로 쥐자 아키가 얼른 손을 뻗어 잡았다. 이내 둘 사이에서 끈이 팽팽해졌다. 이 정도 거리로 같이 달리는 건가?

"생각보다 가까운데요."

"길이 좁거나 사람이 많이 있는 곳에서는 안전을 위해 끈을 짧게 잡는 게 좋아. 끈 길이야 뭐, 취향의 문제니까. 일단 둘이 달려 보면서 편한 방법을 찾아 나가면 될 거야. 무엇보다 러너에게 맞추는 것이 중요해. 달리는 방법이 어떻든 러너가 생각하는 대로 움직여야 하거든."

아키가 고개를 끄덕이자 사카노 아저씨가 미소를 지었다.

"달리기 전에 일단 가이드 러너 강습을 해 볼까? 먼저 보이지 않는 상태를 체험해 볼 거야. 사람들과 모여서 훈련할 땐 특수 안경을 쓸 테지만, 오늘은 이걸로 대신해 보자."

사카노 아저씨가 아키에게 눈가리개를 내밀었다.

"내가 써요?"

"그래. 머리로는 이해할 것 같아도 실상은 어떤지 잘 모르잖아. 눈이 안 보인다고 하면 싸잡아서 시각 장애라고 말하는 사람이 많은데, 장애의 정도나 상태는 사람마다 아주 다양해. 시력을 완전히 잃은 사람도 있지만 약시인 사람도 있거든. 대회에선 보통 장애를 B1, B2, B3, 이렇게 세 등급으로 나누지."

"세 등급으로요?"

사쿠가 흥미로운 듯이 물었다.

"그래, 사쿠는 B1 등급이야. 양쪽 눈이 거의 보이지 않는 상태인 거지. 이 정도면 가이드 러너 없이는 뛸 수 없어. B2는 시력이 0.03, 혹은 시야가 5도 이하인 약시 등급이야. 여기서부터는 가이드 러너 없이도 달릴 수 있지. B3은 그보다도 장애가 가벼운 상태여서 단독으로도 달릴 수 있어."

"나는 형한테 부탁받아서 하는 거라, 다른 사람들과 함께 달릴 일은 없는데요."

"그건 나도 알아. 하지만 훈련을 할 때든 대회에 참가할 때든 다양한 사람들을 보게 될 테니까 어떤 사람들끼리 파트너가 되는지 알아 두는 게 좋겠지. 일단 해 보자고! 사쿠는 스트레칭이라도 하면서 쉬고 있어."

"알겠습니다."

"이제 가 볼까?"

아키는 러닝 코스를 향해 걸어가는 사카노 아저씨를 잠자코 뒤따라갔다. 러닝 코스에 들어서자 햇살이 더 강하게 내리쬐었다. 아키는 하늘을 한 번 올려다보고 나서 눈가리개를 썼다.

"어때? 틈으로 지면 같은 게 보이니?"

"전혀요."

고개를 흔드는 아키의 등에 사카노 아저씨가 가볍게 손을 얹었다.

"그럼 그대로 걸어 봐. 뭔가 있으면 내가 말할 테니까 안심하고 걸어도 돼."

"끈은 안 잡아요?"

"우선은 끈 없이 해 보자. 앞으로 똑바로 걷기만 하면 돼. 이 트랙에는 턱이나 장애물이 없으니까."

굳이 말하지 않아도 알고 있었다. 러닝 코스는 똑바로 뻗어 있었고 시야 끝까지 깔끔하게 포장돼 있었다. 그런데 막상 혼자서 걸으려니까 두려움이 밀려왔다. 장애물이 전혀 없다는 것을 알고 있는데도 앞이 보이지 않는다는 사실만으로 다리가 후들댔다.

"갈까?"

사카노 아저씨의 말을 듣고 아키는 발을 앞으로 내딛었다. 오른쪽, 왼쪽, 오른쪽, 왼쪽……. 발바닥으로 지면을 확인해 가며 천천히 앞으로 나아갔다. 두 팔은 앞의 허공을 무의식적으로 더듬었다. 스스로도 놀라울 만큼 신중해지고 있었다.

사실 똑바로 걷고 있는지 알 길이 없었다. 방향 감각을 잃고 나아가다가 경계석에 걸려 넘어지지는 않을지, 괜스레 불안한 마음이 들었다. 그러다 뒤에서 발소리가 들리면 온몸이 돌처럼 굳어지면서 발걸음이 절로 멈추어졌다. 발소리는 곧 규칙적인 소리를 내며 옆으로 지나갔다.

사카노 아저씨는 어디에 있는 걸까? 나를 지켜보고 있는 걸까? 이제 곧 곡선 코스가 이어질 것 같은데……. 이상하리만치 입안이 바짝 말랐다. 숨이 잘 쉬어지지 않았다. 엉겁결에 손이 눈가리개로 올라갔다.

"아키."

사카노 아저씨가 주의를 주었다. 아키가 걸음을 멈추자 오른쪽에서 기척이 느껴졌다.

"눈가리개는 벗지 마. 아직 좀 더 남았으니 그대로 가. 괜찮아, 내가 옆에 있으니까 안심하고 걸어."

아키는 흐읍, 하고 숨을 깊이 들이마시고 다시금 발을 앞으로 내딛었다.

"앞으로 10미터……. 3, 2, 1! 수고했어."

시간이 얼마나 흘렀을까? 아키는 사카노 아저씨의 신호를 듣고 걸음을 멈추었다.

"자, 이거 끈이야. 이번에는 끈을 잡고 걸어 보자."

그 말과 함께 왼쪽 손바닥에 두 겹이 된 끈이 놓였다. 사카노 아저씨가 아키의 왼쪽에 서서 걷기 시작했다. 아키도 천천히 발을 내딛었다. 끈으로 이어져 있긴 하지만 사카노 아저씨가 아키를 끌면서 안내하는 게 아니었다. 그래도 혼자 걸을 때보다는 훨씬 더 마음이 놓였다. 자연스레 보폭도 넓어지고 다리도 웬만큼 높이 올라갔다.

"여기서부터 한동안 완만하지만 왼쪽으로 살짝 굽은 길이야."

사카노 아저씨가 끈을 움직여 아키에게 방향을 알려 주었다.

"뒤에서 세 명이 뛰어오고 있는데, 우리가 있는 걸 아니까 피해 갈 거야. 그대로 가."

아니나 다를까, 잠시 후 뒤에서 발소리가 들렸다. 그 소리가 서서히 가까워지더니 이내 스쳐 지나갔다.

"안 보이니까 불안하지?"

"……."

"우리는 평소에 시각, 청각, 촉각, 미각, 후각, 이렇게 오감을 써서 생활하는데, 오감 중에서도 가장 많이 의지하는 건 시각이야. 주위 정보의 팔십 퍼센트 이상을 시각을 통해 얻은 다음에 상황을 판단하거나 위험을 감지하니까."

"알고 있습니다."

"응, 머리로는 알지만 실제 생활에서는 그다지 의식하지 않고 지낼걸. 우리는 태어나면서부터 두 눈으로 세상을 보면서 살아왔으니까. 그래서 이런 경험이라도 하면서 알려고 하는 게 중요하지."

아키의 발이 잠깐 멈췄다.

"그거 동정인가요?"

"아니."

아키는 불현듯 들려오는 푸드덕푸드덕 날갯짓 소리에 화들짝 놀랐다. 사카노 아저씨가 다시 걷기 시작했다.

"까마귀야. 이 부근에 아주 많지. 주변이 온통 숲이니까. 그리고 아까 한 말…… 동정은 아냐. 상대방이 장애가 있든 없든, 그 사람에 대해 알고자 하는 노력은 정말 중요해. 누가 그러더군. 장애는 개성이라고. 난 그런 표현을 좋아하지 않아. 하지만 장애가 그 사람의 중요한 특징이라는 사실을 잊어선 안 된다고 생각해."

"……"

"눈이 보이지 않는 사람이 아니라 이 사람은 눈이 보이지 않는

다……. 그렇게 표현해야 하나? 어떤 뉘앙스인지 알겠어?"

"아뇨."

사카노 아저씨는 껄껄껄 웃고는 어깨를 으쓱했다.

"참 솔직하군. 사쿠에게는 눈이 보이지 않는다는 특징이 있지. 그 특징을 머리로만 이해하는 것보다는, 뭐 흉내만 낼 뿐이라고 해도 직접 체감해 보는 편이 파트너 역할을 하는 데 크게 도움이 될 거야. 경험하지 않은 걸 상상하기는 너무나 어렵거든."

아키가 고개를 끄덕였다.

"눈이 보이지 않는 사람은 어떨까? 어떤 게 가장 어려울까? 무엇을 지원해야 할까? 그런 걸 헤아리라는 뜻이 아냐. 여기서 중요한 건, 눈이 보이지 않는 사쿠는 어떨까, 하는 점이야. 사쿠에게만 초점을 맞춰야 한다는 거지."

"상대방의 기분을 살피는 거……, 그거 잘 못하는데요."

아키가 중얼거리자 사카노 아저씨가 후훗, 하고 웃었다.

"그런 거 같지 않던데?"

아키는 자신의 말을 부정당한 느낌이 들어서 발끈했다.

"아저씨가 뭘 안다고 그래요?"

"내 말에 기분이 상했나 보네. 미안. 이건 좋은 의미도 나쁜 의미도 아니지만 너는 형을 많이 보잖아. 그래서 그런지 늘 주저하는 것 같거든. 아까 공원 입구에서 광장으로 갈 때도 형에게 팔을 잡게 해야 하나 말아야 하나, 망설이지 않았니?"

사카노 아저씨는 여기까지 말하고 또다시 웃었다.

"사쿠는 남에게 의지하는 걸 부정적으로 생각하지. 그런 점은 좀 더 융통성을 가져도 좋은데 말야. 내가 보기엔 그래. 너는 그런 형의 생각을 꽤 배려하고 있어. 그게 상대의 기분을 살피는 거 아닌가?"

"……."

"뭐, 난 너보다 오래 살았으니 그만큼 더 많은 사람을 봐 왔겠지? 나름대로 사람 보는 눈이 있다고 생각하는데……. 한 가지만 더 보태자면, 사람은 자기 자신을 잘 모르는 경우가 의외로 많더군. 자, 이제 200미터만 더 가면 한 바퀴야."

아저씨는 말을 마치고 속도를 조금 올렸다.

"수고했어. 이제 눈가리개 벗어도 돼."

아키는 사카노 아저씨의 말을 듣고 눈가리개를 벗었다. 시야가 갑자기 밝아졌다. 눈을 가늘게 뜨고 숨을 들이마셨다. 한껏 들이마신 공기가 몸 구석구석으로 빠르게 퍼져 나갔다.

발밑의 아스팔트로 떨어지는 햇살이 바람에 일렁였다. 얼굴을 들자 초록색 이파리가 보였다. 그 위에는 파란 하늘이 널따랗게 펼쳐져 있었다. 눈부신 햇살, 초록색 이파리, 파란 하늘…….

오른손을 이마에 대고 주위를 둘러보았다. 시선을 따라 세상이 어지러이 흘러가고 있었다. 정자에서 조금 떨어진 곳에 서 있는 사쿠가 보였다. 순간, 가슴을 옥죄는 듯한 통증이 느껴졌다.

형은 언제나 이 어두운 세계 안에 갇혀 있어야 한다…….

"이봐, 사쿠!"

사카노 아저씨가 부르자 사쿠가 오른손을 들어 보였다. 그러고는 발밑에 있는 흰 지팡이를 들고 러닝 코스를 향해 걸음을 내딛었다. 아키는 생각할 겨를도 없이 재빨리 사쿠에게로 뛰어갔다.

"왜 그래?"

다정하게 묻는 사쿠를 보자 아키는 그만 말문이 턱 막혔다. 사카노 아저씨가 아키의 머리에 손을 얹었다.

"바닥이 고르지 않아서 걱정한 거지?"

"아니에요, 그런 거 아니거든요."

아키는 사카노 아저씨의 손을 뿌리치고 얼굴을 찡그렸다.

"또 그런다. 그냥 순순히 걱정했다고 하면 얼마나 귀여울까? 안 그래, 사쿠?"

아키는 아무렇지도 않게 농담을 던지는 사카노 아저씨를 매섭게 노려보았다.

"포장도로가 아닌 곳에서는 아무래도 신중해져. 나, 위험해 보였어?"

"아니, 그렇지 않던데?"

아키는 애써 고개를 흔들었다. 광장 곳곳에 커다란 나무들이 서 있는 데다, 바닥에는 나무뿌리가 멋대로 뻗어 나와 있었다.

나라면 이런 곳에서는 꼼짝도 못 했을 거다.

"자, 그럼 바로 시작할까?"

사카노 아저씨는 사쿠의 오른쪽에 서서 팔을 내밀었다. 그러고는 그나마 평평한 땅을 골라 가면서 러닝 코스로 걸어갔다.

"사쿠, 아키가 오른쪽에서 달릴 텐데……. 괜찮겠나?"

"네, 어느 쪽이라도 괜찮습니다. 가이드 러너는 오른쪽에서 달리는 게 규칙인가요?"

"규칙은 아니야. 가능하다면 어느 쪽에서라도 달릴 수 있는 편이 좋아. 차도에서는 가이드 러너가 왼쪽에 있는 게 더 안전해. 주로 오른쪽에서 가이드를 하는 건 아마도 급수대가 그쪽에 있어서일 거야. 장거리 경기에서는 도중에 물을 마시게 되잖아. 그때 음료를 집어 오는 것도 가이드 러너가 할 일이거든."

"그렇군요."

아키는 사쿠 오른쪽에 서서 말없이 두 겹으로 된 끈을 꽉 움켜쥐었다.

"사쿠, 지팡이는 내가 가지고 있을게."

"아, 고맙습니다."

사카노 아저씨는 흰 지팡이를 받아 들고서 아키를 바라보았다.

"트랙에 들어갈 때는 지팡이를 가져가지 않아. 아키, 그게 무슨 의미인지 알겠지?"

"옛?"

"이거야 원, 영 미덥지가 못하군. 지팡이를 손에서 놓는다는 건, 트랙에 들어가면 파트너가 지팡이가 되고 눈이 되어야 한다는 의미야."

"그건 말 안 해도 알아요."

"그렇다면 다행이고. 아, 그리고 사쿠를 안내할 때는 아키가 팔을 잡는 게 아니라 잡히는 거야."

"알고 있습니다. 방금 봤어요."

"오, 좋아! 아까 나하고 걸어 봐서 알 테지만, 가이드 러너의 역할에서 가장 중요한 건 안전 확보야."

"네."

"그러려면 대화가 중요해. 네가 말로 정보를 전달해 줘야 하는 거야. 주변 상황을 미리 알면 러너가 공연히 놀라거나 불안해하지 않을 테니까. 가이드 러너는 러너의 눈이나 마찬가지야."

아키는 고개를 끄덕이고는 손에 감은 끈을 다시금 꽉 쥐었다.

"아키, 주위를 잘 확인하고 출발해도 되겠다 싶으면 사쿠에게 신호를 보내."

아키는 옆에 선 사쿠를 보고 숨을 깊게 들이마셨다.

"출발하자."

아키는 사쿠가 고개를 끄덕이는 걸 확인하고 발을 앞으로 내딛었다. 둘은 곧 뛰기 시작했다. 아키는 곧바로 뭔가 이상하다는 것을 느꼈다. 사쿠가 걷는 것이나 다름없을 정도로 느릿느릿 달리는 데다, 서로 박자가 하나도 맞지 않았다. 뭔지 모르게 자꾸 어긋나는 느낌이 들어서 영 불편했다.

"아키, 사쿠의 보폭에 신경 좀 써."

사카노 아저씨의 말에 아키는 깜짝 놀랐다. 사쿠는 보폭이 몹시 좁았다. 걸을 때와 달릴 때 발이 땅에 닿는 시간이 확연하게 차이 난다는 사실을 문득 깨달았다. 걸을 때는 오른발이든 왼발이든 반드시 땅에 닿게 되지만 달릴 때는 두 발 모두가 공중에 뜨기 때문이었다. 아까 눈가리개를 하고 걸을 때 발을 들어 올리기가 무지 무서웠다. 그래서 땅을 문지르듯이 하면서 아주 조심스럽게 걸음을 내딛었다.

"이인삼각이야. 머릿속으로 이인삼각을 떠올리면서 사쿠에게 맞춰."

맞춘다……. 아키는 사쿠의 보폭에 맞추어 천천히 나아갔다.

"뒤에서 한 명이 오고 있어. 하지만 그대로 가도 돼."

등 뒤에서 사카노 아저씨의 목소리가 들렸다. 곧바로 선글라스를 쓴 남자가 앞질러 뛰어갔다. 아키는 사카노 아저씨가 했던 말을 다시금 떠올렸다.

"가장 중요한 건 안전 확보야."

러닝 코스 세 바퀴, 곧 3.45킬로미터를 뛰었다. 아키는 손목에 찬 시계를 내려다보고는 어이가 없어서 헛웃음을 지었다. 27.36. 그러니까 1킬로미터 달리는 데 8분 가까이 걸렸다. 더 난

감한 건 이런 속도에도 형이 숨을 헐떡이고 있다는 사실이었다. 달리기를 못하는 줄은 알았지만 설마 이 정도일 줄이야.

"괜찮아?"

"어, 응."

사쿠는 이렇게 대답하면서도 무릎에 두 손을 짚은 채 연신 어깨를 들썩였다. 그 모습이 전혀 괜찮지 않아 보였다.

"뭐, 오늘은 첫날이어서 많이 힘들 거야. 하지만 뛰다 보면 체력이 늘어서 달리기 실력도 좋아질 테니까 너무 걱정할 거 없어. 이제부터는 하기 나름이거든. 얼른 수분 보충부터 해."

사카노 아저씨는 이렇게 말하고서 정자 쪽으로 걸어갔다.

아키는 턱에 맺힌 땀을 손등으로 닦고는 사쿠를 벤치로 데려가 이온 음료를 건넸다.

"고마워."

사쿠는 음료를 절반이나 꿀꺽꿀꺽 들이켠 다음, 숨을 크게 내쉬고 페트병을 목에 갖다 댔다.

"수건 좀 적셔 올까?"

"됐어."

아키는 사쿠가 고개를 흔드는 것을 보고서야 바닥에 앉아 페트병의 음료로 목을 축였다.

"아키, 넌 역시 대단해."

"뭐가?"

"숨을 전혀 헐떡이지 않잖아."

그 정도는 누구나 달릴 수 있다. 기껏해야 조금 빠르게 걷는 수준이었으니까. 그런데도 대단하다고 말하는 형에게 짜증이 훅 치밀었다.

"역시 안 맞아."

아키는 페트병을 바닥에 툭 던지며 이맛살을 찌푸렸다.

"맞지도 않는 걸 억지로 할 필요 없잖아. 머리도 좋겠다. 자기한테 잘 맞는 거 찾으면 되지. 얼마든지 있을 텐데……. 쳇, 형한테 달리는 건 아무 의미도 없어."

아키는 퉁명스러운 목소리로 불만을 토해 냈다. 그러자 사카노 아저씨가 빈 페트병을 주워서 운동 가방에 넣으며 말했다.

"오늘은 첫날이잖아. 서두를 거 뭐 있니? 맞고 안 맞고는 당장 알 수 있는 게 아니야. 물론 사쿠가 그만하고 싶다면야 어쩔 수 없지만."

"저는 계속 하고 싶어요."

"그럼 된 거야."

사카노 아저씨는 손뼉을 한 번 치고는 사쿠와 아키를 번갈아 보았다.

"내가 보기에는 오늘 아주 잘했어. 기록이니 뭐니 하는 건 나중에 따져 볼 문제고, 일단 사쿠는 체력부터 길러 보도록 하자. 아키는 자기 잣대만 고집하지 않으면 될 거 같아. 가이드 러너는 무엇보다 러너가 안전하고 즐겁게 달리도록 돕는 것이 중요하거든. 이것만 명심하면 돼. 아키 너, 육상했지?"

"네?"

아키가 사쿠를 노려보자 사카노 아저씨가 빙긋 웃었다.

"뭐, 사쿠한테 들은 건 아니고."

"그럼 어떻게……?"

"척 보면 알지. 고등학교에서는 안 하니?"

"그게 사카노 아저씨랑 무슨 상관이죠?"

"그래, 나와는 상관없지."

사카노 아저씨는 순순히 고개를 끄덕였다.

"그건 그렇고, 육상을 했다면 훈련 매뉴얼 같은 것도 짤 줄 알지? 아키 너도 한번 생각해 보라고."

"내가요?"

"그래, 가이드 러너는 파트너이면서 동시에 코치이기도 하니까. 너희 둘은 앞으로 매일 함께 훈련할 거고. 게다가 사쿠 상태는 네가 가장 잘 알 거 아냐?"

사카노 아저씨가 또다시 빙긋 웃으며 아키의 어깨를 툭 쳤다.

"조급해하지 말고."

"다녀왔습니다."

현관에 발을 들여놓기 무섭게 거실에서 엄마가 뛰어나왔다.

"이게 어떻게 된 거야!"

아키는 대꾸도 하지 않고 신발을 아무렇게나 벗어 던지고는 사쿠를 지나쳐 계단을 올라갔다.

"아키! 기다려!"

"무슨 일 있어?"

사쿠가 묻자 엄마가 한숨을 푹 내쉬었다.

"지금 무슨 일이 있냐는 말이 나와? 마라톤이 다 뭐냐고! 엄마 한테 말 한마디 없이!"

"아 그거? 블라인드 마라톤이라고, 엄마도 들어 봤을걸."

사쿠는 짐짓 부드럽게 말하면서 신발장 옆에 지팡이를 세워두고 거실로 들어갔다.

"그걸 사쿠 네가 왜 하는 거냐고."

사쿠는 냉장고에서 생수를 꺼내 벌컥벌컥 마시고는 식탁 의자에 앉았다.

"누가 부탁한 것도 아니고 시킨 것도 아냐."

엄마는 사쿠 옆에 있는 의자에 엉덩이를 살짝 걸치고 앉았다.

"그럼 왜?"

"그보다, 엄마는 우리가 훈련하러 간 걸 어떻게 알았어?"

"아즈사한테 들었어."

그러고 보니 엄마에게는 아직 알리지 않았다는 걸 아즈사에게 미처 말하지 않았다.

"아빠가 너희를 하라주쿠역까지 데려다줬다기에, 아즈사는 뭔가 알고 있겠다 싶어서 연락해 봤지. 어쩐지 이상하다 싶더라니. 쉬는 날이면 점심때가 지나도 일어날 기미를 안 보이던 아키가 어쩐 일로 일찍 일어나고 말야. 그나저나, 엄마한텐 왜 말 안 했어?"

사쿠는 검지손톱으로 눈썹을 긁적거렸다.

"숨기려던 건 아니고, 훈련 시작하면 말할 생각이었지."

"왜 미리 말하지 않았냐고."

"엄마가 다짜고짜 반대하고 나오면 시작도 하기 전에 의욕부터 꺾일 거고……. 엄마는 또 걱정할 거 아냐?"

"당연히 걱정하지."

그러니까 엄마의 그런 점이……. 사쿠는 목에 걸린 말을 억지로 삼켰다.

"엄마가 걱정하는 게 미안하기도 하고 고맙기도 해. 하지만 걱정하지 마."

"마라톤, 엄마는 반대야. 사쿠 넌, 그거 아니라도 할 수 있는 일이 얼마든지 많아."

……답답하다. 언제까지 이렇게 부모님을 애태우며 보호받는 존재로 살아야 하는 건가. 사쿠는 조용히 숨을 내뱉었다.

"저기 말야, 나 좀 내버려 뒀으면 좋겠어요."

덜컹, 의자 소리와 함께 엄마가 자리에서 일어났다.

"엄마?"

"……."

"기분 나빴다면 사과할게요. 미안해."

"사과할 거 없어. 엄마도 조심할게. 그러니까 너도 무슨 일이든 숨기지 말아 줘."

"그럴게."

"하지만 아키하고는……."

"아키?"

엄마는 고개를 흔들었다.

"아니야."

"그럼 나 좀 씻을게."

"빨랫감 있으면 꺼내 놔. 점심에 볶음밥 할 건데, 괜찮지?"

엄마는 이렇게 말하고는 냉장고 앞으로 가서 문을 열었다.

"들어간다."

문 두드리는 소리와 동시에 사쿠가 얼굴을 들이밀었다.

"아키, 먼저 씻을래?"

아키는 침대에 누워 천장을 보며 대답했다.

"나중에 씻을게."

"그럼 욕실 먼저 쓴다."

"형, 잠깐."

아키는 벌떡 일어나 막 문을 닫으려는 사쿠를 불러 세웠다.

"엄마가 뭐래? 보나 마나 블라인드 마라톤 반대한다고 하지?"

사쿠가 반쯤 닫았던 문을 다시 열었다.

"그렇지, 뭐. 근데 알았다고는 했어. 엄마한테 미리 말했어야 했는데……."

"그게 뭐 부모한테 허락받아야 할 일인가?"

"하긴 그래."

사쿠는 쓴웃음을 지으며 문을 닫았다. 아키는 다시 침대에 드

러누웠다. 형이 블라인드 마라톤을 하자고 말할 때부터 엄마의 반대를 예상했다. 가이드 러너가 자신이라면 더더욱…….

엄마와는 원래부터 마음이 맞지 않았다. 중학교에 들어가기 얼마 전부터 사소한 일로 곧잘 부딪치곤 했다. 그때마다 둘 사이를 중재한 건 형이었다. 주위 어른들은 사춘기에는 원래 다 그렇다며 대수롭지 않게 여겼지만, 아키도 엄마도 그것이 딱 사춘기 때문만은 아니란 것을 알고 있었다. 둘은 처음부터 성격이 너무너무 안 맞았다.

그때도 그랬다. 엄마의 말투에 화가 불끈 치밀어 올랐다. 단지 그뿐이었다. 단지 그뿐이었는데. 아키는 두 눈을 질끈 감았다.

일 년 반 전, 저녁 식사 자리였다. 아키는 30일에 육상부 송년회가 있다고 말했고, 그 말을 들은 엄마는 날카롭게 반응했다.

"30일은 센다이에 가는 날이란 거 알잖아. 못 간다고 해."

"내가 그걸 어떻게 알아?"

"그걸 어떻게 몰라? 분명히 말해 뒀는데."

해마다 연말에는 아빠 본가인 센다이로 내려가서 할아버지 할머니와 함께 새해를 맞이하곤 했다. 사실 30일에 가족이 다 함께 센다이로 내려가기로 한 것을 아키도 알고 있었다. 그래서 내심 송년회에는 가지 않을 생각이었다. 다만 그날은 육상부의 그해 마지막 훈련이 끝난 해방감 때문이었는지 평소보다 말이 좀 많아졌다.

"세상에! 중학생이 송년회라니, 그게 말이 돼! 내년에는 너도 수험생이야."

"나, 아직 2학년인데?"

"해 바뀌면 3학년이잖아. 체육 특기생으로 추천만 받으면 다 된다고, 태평하게 마음 놓고 있는 건 아니겠지?"

"뭔 상관이야?"

"상관이 왜 없어! 넌 무슨 애가 그 모양이니?"

엄마가 들고 있던 젓가락을 탁 소리 나게 식탁에 내려놓자, 아키는 접시에 담긴 햄버그스테이크 위에 젓가락을 푹 꽂았다.

"아키도, 엄마도 그만 좀 해."

사쿠가 한숨을 쉬면서 둘을 번갈아 보았다.

"아키 쟤가……."

"아키는 송년회가 있다고만 했지, 거기에 가겠다고 한 건 아니잖아. 엄마가 넘겨짚은 거야. 그치?"

사쿠가 짐짓 편을 들어주면서 돌아보자 아키는 콧방귀를 뀌면서 식탁 위에 턱을 괴었다.

"그럼 처음부터 그렇게 말했어야지. 안 그래?"

엄마가 말을 마치자마자 아키는 뚜두둑 소리가 나게 목을 꺾으며 소리쳤다.

"당신이 갑자기 신경질을 부리니까 그렇지."

"뭐, 당신! 너, 지금 누구한테 당신이래?"

"듣기 싫어, 이 아줌마야."

아키가 날카롭게 쏘아보며 아무렇게나 뇌까리자 엄마 뺨이 벌겋게 달아올랐다.

"에휴, 30일에는 송년회에나 가야겠다. 센다이에는 딱히 가고 싶지도 않고. 당신들끼리 잘 갔다 오든가."

"야, 아키!"

사쿠가 말리다 못해 바락 소리를 질렀다. 그러자 아키가 짓궂게 미소를 지으며 중얼댔다.

"형도 나흘씩이나 거기에 묶여 있는 건 싫을걸. 고2씩이나 돼가지고 할아버지 할머니 앞에서 재롱이나 부려야겠어? 그것보단 아즈사 누나랑 꽁냥이는 게 더 좋잖아?"

사쿠가 히죽 웃으며 대꾸했다.

"뭐, 그야 그렇지. 그럼 아키랑 나는 31일에 가면 되겠네. 그렇게 하기로 하고, 이 이야기는 여기서 끝내는 게 어때요?"

엄마는 얼굴을 찡그리며 서운한 기색을 보였다.

"사쿠 너까지 그러기니?"

"아키, 너도 그러면 되는 거지? 30일에 넌 송년회 가고, 나는 아즈사랑 데이트하고. 그리고 나서 31일에 둘이서 센다이로 가는 거야."

"내가 언제 간댔어?"

"안 가면 세뱃돈도 없을 텐데? 난 대신 안 받아다 준다."

사쿠 말에 아키는 칫, 하고선 고개를 끄덕였다.

바야흐로 12월 31일이 되었다. 아키가 늘어지게 늦잠을 자고 일어났을 때, 거실에서 웃음소리가 들려왔다. 방문을 열어 보니 아즈사가 와 있었다.

"아, 아키, 일어났구나? 벌써 12시야."

"어, 웬일로?"

"사쿠 배웅하러 왔지."

"무슨 배웅씩이나. 너무 오버하는 거 아냐?"

사쿠가 부엌에서 머그잔을 두 개 들고 나왔다. 자, 하고 탁자 위에 머그잔을 놓고는 소파 아래쪽에 앉았다.

"아직도 좋아 죽네. 맨날 만나는데 지겹지도 않아?"

아키가 피식 웃으며 한마디 툭 던지자 아즈사가 쿡쿡 웃으며 대답했다.

"지겹긴 왜 지겨워? 그리고 어제는 못 만났거든."

"왜?"

아키가 사쿠를 바라보았다.

"아즈사가 어제 알바하러 가서."

"치, 네가 30일부터 센다이에 간다고 그랬잖아. 여기 있을 줄 알았으면 아르바이트를 뺐지."

토라진 듯이 뺨을 붉히는 아즈사를 보고 사쿠가 재미있다는 듯이 웃어 댔다.

"미안, 미안. 갑자기 일정이 바뀐 거야. 2일 밤에 올라올 거니까 3일엔 같이 첫 참배하러 가자. 응?"

그렇게 말하는 사쿠를 보면서 아키는 얼굴을 찌푸렸다. 아즈사 누나의 아르바이트 일정을 형이 몰랐을 리 없었다. 그럼에도 형은 내 일정에 맞춰 주기 위해 아즈사 누나 핑계를 대고 엄마를 설득한 것이다. 형은 전에도 그랬다. 상대방이 마음 쓰지 않도록 소소하게 이리저리 둘러대곤 했다. 그런 형이 착하다고 느낀 건 언제까지였을까? 지금은 그런 배려가 어쩐지 가식처럼 느껴졌다.

"아, 참! 아키, 너 육상 열심히 하더라. 하계 대회에서 우승했다며? 기록도 경신했다던데, 축하해!"

"별로 중요한 대회도 아니었는데, 뭘."

아키는 냉장고에서 우유팩을 꺼내며 건성으로 대꾸했다. 그런 아키를 보며 사쿠가 말했다.

"도 대회였잖아, 겸손하긴. 난 달리기라면 딱 질색인데."

아즈사가 웃음을 터뜨리며 맞장구를 쳤다.

"맞아. 중학교 때 체육 대회에서……."

"그만해, 누구에게나 못하는 게 하나쯤은 있는 거지. 그건 그렇고 아키, 짐은 다 챙겼어? 2시에는 나가야 돼."

"알고 있어."

아키는 우유를 벌컥벌컥 마시며 대답했다.

사쿠와 아키는 지하철역에서 아즈사와 헤어졌다. 도쿄행 지하철을 탔다. 평소에는 땀이 날 정도로 난방을 틀어 대더니 그날 따라 한산한 탓인지 유난히 실내가 썰렁했다. 아키는 사쿠와 조금 간격을 두고 자리에 앉았다.

"완전 텅텅 비었네."

"올해 마지막 날이잖아. 시내는 내일도 한산할걸."

사쿠 말에 아키는 한숨을 내쉬었다.

"우리 말야, 뭐가 좋다고 그 먼 곳까지 가는 거지? 고속도로는 엄청 막힐걸."

"어쩌겠냐? 표를 구한 것만도 다행이지."

이틀 전에는 31일 센다이행 고속버스 표가 하루 종일 매진이었다. 조금 비싸더라도 신칸센으로 가기로 했는데, 마침 취소된 표가 두 장 있어서 어렵사리 구하게 되었다.

"형한테야 다행이겠지. 나한텐 불행이야. 취소 표 따위는 내가 바란 게 아니었다고."

"왜?"

"난 신칸센으로 가고 싶었거든. 버스는 지루하잖아."

"아, 뭐, 지루하긴 하지."

사쿠가 피식 웃었다. 센다이까지는 신칸센으로는 두 시간 정도지만 고속버스로는 여섯 시간 가까이 걸렸다. 길이 막히면 얼마나 더 걸릴지 짐작도 할 수 없었다.

"하지만 우리 집 형편도 생각해야지."

"에잇, 짠돌이 같으니라고."

"그러지 마. 아, 눈 온다!"

사쿠의 말에 아키가 고개를 들어 창밖을 보았다.

"한 해의 마지막 날에 눈이 오네. 좀 부럽다."

"아즈사 누나랑 데이트하고 싶은 거야? 형 말야, 의외로 로맨티스트라니까."

"어허! 진정한 로맨티스트한테 의외라니!"

사쿠가 던지는 농담에 아키도 신나게 웃었다.

둘은 신주쿠역에 내린 뒤 편의점에서 삼각 김밥과 음료수를 사서 고속버스 터미널로 갔다. 터미널 4층 매표소에서 버스표를 받아 센다이행 승차장으로 갔다. 줄이 벌써 한참이나 길게 늘어서 있었다. 맨 끝에 가서 서자 버스가 바로 도착했다. 버스 화물칸에 짐을 넣은 뒤, 사쿠는 5열의 통로 쪽 C석에, 아키는 창 쪽 D석에 앉았다. 어릴 때부터 버스든 지하철이든 둘이 나란히 앉을 때는 늘 이런 식이었다.

사쿠가 안전띠를 매라고 했다. 아키는 답답하다고 툴툴거리면서도 찰칵 소리가 나게 단단히 안전띠를 맸다. 버스는 제시간에 출발하여 천천히 로터리를 돌아 지상으로 내려갔다.

사쿠는 책을 꺼내 펼쳤고, 아키는 이어폰을 귀에 꽂은 채 휴대폰을 만지작거렸다. 그러다 꾸벅꾸벅 졸기 시작했다. 얼마나 잤을까? 아키가 잠에서 깼을 때는 밖이 이미 깜깜했다. 유리창에 눈송이가 달라붙었다가 녹아서 서벗처럼 줄줄 흘러내리고 있었다. 그때 문득 탁, 소리가 났다. 그 바람에 사쿠의 책이 바닥으로 떨어졌다. 사쿠는 발밑에 떨어진 책을 주우며 길게 하품을 했다.

"눈이 아직도 내리네."

사쿠는 창밖을 보다가 무릎 위에 올려놓은 외투에서 휴대폰을 꺼내 문자를 확인했다.

"아즈사 누나야?"

"응, 엄마도 보냈어. 읽어 봐."

휴대폰 화면을 아키에게 들이밀었다.

> 고속도로 막히지 않니? 어제는 그런대로 원활했는데.
> 대충 언제쯤 도착하는지 연락해 줘.
> 할아버지가 정류장까지 마중 가시겠대.
> 지금 잔뜩 들떠 계심. *^^*

사쿠는 엄마에게 바로 답장을 보냈다. 그러고 나서 아즈사의 메시지를 보면서 실실 웃었다.

"징그럽게 왜 실실 쪼개고 그래?"

"이거, 무슨 의미일 것 같냐?"

새해 복 많이 받길. 내년에도 잘 부탁해.

메시지와 함께 찹쌀떡으로도, 바다표범으로도, 뚱뚱한 고양이로도 보이는 캐릭터 주위에 하트가 뿅뿅 날아다녔다.

"내가 어떻게 알아?"

아키는 관심 없다는 듯이 말하고는 답장을 쓰는 사쿠의 휴대폰 화면을 흘끗 보았다.

너도 새해 복 많이 받길. 3일에 첫 참배하러 가자!

사쿠는 간략하게 답장을 보내고는, 딱히 의미도 없어 뵈는 '안녕!'이라는 이모티콘을 덧붙였다.

도착하려면 아직 한참 걸리겠다는 생각에 아키는 차창에 머리를 기댄 채 눈을 감았다. 바로 그때였다. 버스 앞쪽에서 "아!" 하는 어린아이의 목소리가 들렸다.

사쿠가 통로에 얼굴을 내밀며 앞쪽으로 팔을 뻗었다. 그러다 아예 안전띠를 풀고는 앞좌석 등받이에 손을 짚고서 통로로 나가 아이 쪽으로 몸을 구부렸다.

그 순간, 굉음이 울리면서 큰 충격이 몸을 휘감았다. 여기저기서 비명이 터져 나왔다. 차체가 옆으로 비스듬히 기우는가 싶더니 그대로 도로에서 미끄러졌다.

아키가 잠시 정신을 잃었다 깨어났을 때는 버스 안이 온통 아수라장이었다. 실내가 칠흑같이 어두웠는데, 신음 소리와 울부짖는 소리가 뒤섞여 난장판이 따로 없었다. 게다가 운전석에서 경적이 끊임없이 울려 대었다.

어떻게 된 거지? 몸을 움직일 수가 없었다. 사고가 났나? 버스가 구른 건가? 오른쪽 팔이 타는 듯이 뜨거웠다. 왼손으로 만져 보니 끈적끈적한 것이 잡혔다. 어떻게든 몸을 일으키려고 안전띠를 잡는 순간, 브레이크 소리가 요란하게 나면서 버스가 뭔가에 쾅 부딪치더니 그대로 쭈욱 미끄러졌다.

어둠 속에 가득 찬 매캐한 연기와 경적 소리, 신음 소리, 흐느낌 소리……. 멀리서 사이렌 소리가 다가오고 있었다. 날카로운 쇳소리, 그다음에 나타난 건 구조 대원이었다. 곧이어 부상을 입은 승객들이 잇따라 구조되어 병원으로 옮겨졌다.

아키는 걸어서 구급차 있는 데까지 갔다. 이름을 말한 뒤, 다친 팔에 지혈을 하고 붕대를 감았다. 팔의 통증과 추위, 거기에 심리적 불안까지 더해져 몸이 덜덜 떨렸다. 눈을 꼭 감았다. 어느새 까무룩 잠이 들었던 걸까?

눈을 떴을 때는 병원 침대 위였다. 순간, 여기가 어디인가 싶었지만 팔에 감긴 붕대를 보고 기억이 되살아났다. 어둠을 채우던 비명과 경적 소리가 귓가에 쟁쟁했다. 고개를 돌리자 머리에 붕대를 감은 누군가가 옆 침대에 누워 있는 게 보였다.

사쿠 형? 몸을 일으키려는데 낯선 목소리가 들렸다.

"간호사님! 저기 저 사람, 깨어난 모양이에요."

소리 나는 쪽으로 눈을 돌리자 맞은편 침대에 앉아 있는 중년 아저씨가 아키를 가리켰다. 아저씨 뺨에 거즈가 붙어 있었다.

"깨어났군요. 이름을 말해 주세요."

"다키모토, 다키모토 아키입니다."

아키는 잠긴 목소리로 간신히 대답하고는 몸을 일으켰다.

"다키모토 아키 씨, 지금 기분이 어떠세요?"

"좋지는 않은데요."

옆 침대로 시선을 돌리자 오륙십 대쯤 되어 보이는 아저씨가 곤히 자고 있었다.

"어디 아프거나 답답한 곳은 없나요?"

고개를 가로저었다. 간호사가 아키의 손목을 손가락으로 짚은 뒤 손목시계를 보며 맥박을 체크했다.

"바로 가족분께 연락드릴게요. 조금만 누워 계세요."

간호사는 손가락을 떼고는 주머니에서 수첩을 꺼내 펼쳤다.

"사쿠, 우리 형은……."

"형 말인가요? 이름 좀 다시 말해 주시겠어요?"

"다키모토 사쿠."

순간, 간호사가 머뭇거렸다.

"아직 이름이 확인되지 않은 분들은 지금 신원을 파악하는 중입니다."

간호사는 이렇게 말하고 냉큼 복도로 나갔다.

아키가 구조되었을 때 사쿠는 그 자리에 없었다. 버스에 충격이 몰아치던 순간, 형은 자리에서 일어나 있었는데……. 기억이 거기에 미치자 가슴이 방망이질하듯 심하게 뛰기 시작했다.

"이건 완전 날벼락이야."

아까 간호사를 불렀던 아저씨가 발을 끌며 아키 침대 옆으로 오더니 접이식 의자를 펼쳤다.

"한 해 마지막 날에 사고라니, 학생이나 나나 참 운이 없는 거야. 뭐, 어찌 생각하면 이 정도 선에서 그쳤으니 오히려 운이 좋다고 해야 하나?"

"그건 아닌 것 같은데요."

아키가 대꾸하자 아저씨가 씁쓸히 웃었다.

"그나저나 사고가 꽤 끔찍했던 모양이야."

그렇다면 더더욱 운이 없는 거다. 지금 실실 웃을 때가 아닌 듯싶었다. 신경이 한껏 곤두선 아키는 아저씨 얼굴을 똑바로 보았다.

"사고가 어떻게 난 거죠?"

"정확한 건 모르겠고, 앞에 트럭이 서 있는 걸 미처 피하지 못했던 모양이야. 그래서 옆으로 굴렀는데 뒤에서 달려오던 차가 들이받은 거지. 그렇게 큰 사고에서 이 정도 가벼운 부상에 그친

건 기적이지, 기적……."

"크게 다친 사람도 있어요?"

"그런 모양이야. 이 병실에는 가벼운 부상자들뿐이지만, 저기
서는 아까 한바탕 난리가 났거든."

아저씨가 턱으로 복도 쪽을 가리켰다.

"같이 탄 사람이 있나?"

"형이랑 탔어요."

"그렇군. 형은 몇 살이고?"

"열여덟 살이요."

"그럼 이 병실에는 없어. 젊은 사람은 학생뿐이거든."

"……."

"아, 어디를 가려고?"

아키는 침대에서 내려와 복도로 나갔다. 서늘한 복도를 맨발
로 처벅처벅 걸었다. 발소리가 유난히 크게 고막을 울렸다. 복도
를 돌아다니며 병실 입구에 붙은 이름을 일일이 확인했다. 사쿠
형, 사쿠 형, 사쿠 형……

유령처럼 넋을 놓은 채 복도를 헤매는 아키를 보고 간호사가
놀라서 다급히 소리쳤다.

"다키모토 아키 씨! 누구, 여기 좀 와 봐요."

어디에 있는 거야, 어디에 있냐고.

"환자분, 진정하세요."

"누가 의사 선생님 좀 불러와요!"

아키는 간호사를 뿌리치고 계속 걸어갔다. 복도 끝에 있는 방의 문이 열렸다. 집중 치료실…….

"사쿠 형!"

"환자분, 여긴 들어오면 안 돼요!"

간호사와 의사가 아키를 붙잡았다.

"사쿠 형!"

"다키모토 아키 씨, 무슨 일이에요? 진정하세요. 심호흡부터 크게 하고."

"놔, 놓으라고!"

아키는 그들의 손아귀에서 빠져나가려고 몸을 이리저리 비틀었다. 그때 밖에서 경적 소리가 들렸다. 바로 그 순간, 아키의 몸이 얼음처럼 굳어 버렸다.

버스가 뭔가에 부딪치는 소리, 비명 소리, 울부짖는 소리, 고함 소리, 경적 소리……. 사고 당시의 광경이 머릿속에서 어지럽게 재생되었다. 숨이 쉬어지지 않았다. 몸에서 힘이 다 빠져나갔다. 몸이 서서히 땅속으로 가라앉았다.

안 돼. 안 돼, 안 돼, 안 돼!

"다키모토 아키 씨, 아키 씨!"

간호사의 목소리가 희미해졌다.

사쿠가 맹학교에 들어가고 얼마 지나지 않아서 아키는 육상을
그만두었다. 몇몇 고등학교에서 체육 특기생 입학을 제안해 왔
지만 전부 거절했다.

아빠도, 담임 선생님도, 육상부 지도 선생님도 아키의 마음을
돌려놓으려고 갖은 애를 썼다. 하지만 엄마는 단 한 마디도 하지
않았다. 육상부를 그만둔다고 했을 때도 엄마에게서 돌아온 것
은 싸늘한 눈빛과 "그래."라는 말뿐이었다.

"당연해."

그때 아키는 엄마가 그렇게 말하는 듯한 기분이 들었다.

사쿠는 시력을 잃었어. 그런데 너는 왜 그대로야? 너도 뭔가를

잃어야 해. 포기해. 버리라고!

물론 엄마는 대놓고 그렇게 말하지 않았다. 하지만 엄마의 눈빛이 내내 그렇게 말하고 있는 듯했다.

나도 뭔가를 잃어야 한다. 그런데 뭘? 뭘 잃어야 하는 거지? 가장 소중한 것. 아키는 스스로에게서 달리는 것을 빼앗기로 했다.

사쿠가 맹학교에 들어간 뒤로 엄마는 아키에게 찾아가지 못하게 했다. "지금은 네가 보고 싶지 않다더라."라는 말로. 형이 정말로 그렇게 말했는지는 알 수 없다. 아직도 형에게 묻지 못하고 있다. 이제 와서 엄마의 마음을 뒤흔들어 놓아 봐야 무슨 소용이 있을까 싶기도 하고.

가이드 러너를 맡는다면 엄마의 감정이 상하리라는 것쯤은 충분히 짐작하고 있었다. 그런데도 받아들인 건 형의 부탁이었기 때문이다. 형을 위해서 뭐든 하고 싶었다. 어떻게든 도움이 되고 싶었다. 사고 이후로 내내 바라던 바였다.

아키는 침대 위에서 몸을 둥글게 말았다. 그런데⋯⋯, 형과 함께 있으면 자꾸만 괴로워졌다.

"아키, 욕실 다 썼어."

복도에서 사쿠의 목소리가 들렸다.

새벽 5시. 낮에는 찌는 듯한 더위가 이어지는데도 아침 햇살만큼은 해말갰다. 아키는 창문을 열고 날씨를 확인한 뒤 아래층으로 내려갔다. 사쿠는 벌써 현관에 나와 있었다.

"잘 잤니?"

"어, 잘 잤어?"

아키는 현관 문턱에 걸터앉아 재빨리 운동화 끈을 매고는 형을 향해 오른팔을 내밀었다. 사쿠는 그 팔에 손을 얹으며 쿡 하고 웃었다.

"왜?"

"아, 여자가 된 것 같아서."

"……팔짱 끼는 것도 아닌데, 뭘. 싫으면 잡지 말든가. "

"장난이야, 장난."

팔을 뿌리치려는 아키를 사쿠가 붙잡았다.

"그러니까 이상한 소리 좀 하지 마."

사쿠는 문밖으로 나가자마자 하늘을 향해 얼굴을 들고 크게 심호흡을 했다. 시원한 눈매에 오뚝한 콧날, 엄마를 닮아 곱상한 얼굴이었다. 아키는 형의 옆얼굴에서 시선을 돌렸다. 그때 맞은편 담장 위를 날아다니는 하얀 나비가 눈에 들어왔다. 팔락거리는 날갯짓이 영 불안정해 보였다.

둘은 다리에서 시작해 허리와 어깨를 가볍게 푼 다음 나란히 뛰기 시작했다. 달리기 훈련은 아키의 등하교 전후로 하루에 두 번씩 하기로 했다. 사카노 아저씨는 체력을 기르려면 과도한 것보다는 숨이 살짝 찰 정도로 매일 훈련하는 것이 좋다고 했다.

"괜찮아?"

사쿠가 고개를 끄덕였다. 아키는 옆으로 지나가는 차와 도로의 노면 상태, 그리고 주위 상황을 살피면서 틈틈이 말해 주었다. 그리고 수시로 사쿠의 발밑을 확인했다. 사쿠는 여전히 좁은 보폭으로 달리고 있었다. 보폭을 넓게 잡는 자신과는 정반대였다. 거의 걷는 것이나 다름없는 사쿠의 보폭에 맞추어 짐짓 느리게 뛰었다.

아, 힘들어……. 예전부터 누군가와 나란히 달리는 것을 좋아하지 않았다. 더구나 남에게 맞춰 달리는 건 정말이지 답답한 노릇이었다.

사쿠를 흘끔흘끔 곁눈질하면서 눈을 전방으로 돌리자 맞은편 차도에서 자전거 한 대가 속도를 내며 달려오고 있었다. 그 뒤를 트럭이 바짝 따라왔다. 차도를 달려오는 자전거가 금세 시야로 가득 들어왔다. 위험해, 하고 생각했을 때 트럭이 경적을 울렸다.

그 순간, 끈을 쥔 손에 움찔하고 흔들림이 전해져 왔다. 이윽고 사쿠가 걸음을 멈추었다.

"아, 괜찮아. 건너편 차선에서 자전거가……."

아키는 거기까지 말하고 말을 삼켰다. 사실 반대편 차선에서 달려오는 자전거도, 그 뒤에서 따라오는 트럭도 다 보고 있었다. 하지만 다른 차선에 있었기에 딱히 방해를 하거나 위협을 하는 건 아니었다. 그래서 사쿠에게 딱히 알려 줄 필요가 있다고 생각하지 않았다.

"미안, 미리 말해 줬어야 하는데."

"아, 그냥 좀 놀라서. 어서 가자."

사쿠가 앞으로 발을 내딛었다.

"정말 미안해⋯⋯."

"괜찮아. 사카노 아저씨도 그랬잖아. 조급하게 굴지 말라고."

말은 이렇게 하면서도 끈을 쥔 사쿠의 오른손에 어제보다 훨씬 더 힘이 들어가 있다는 게 느껴졌다. 시선을 앞으로 돌리자 차 한 대가 인도를 점령하고 서 있었다.

"20미터쯤 앞에 차가 인도를 막고 있어서 잠깐 차도로 내려갈 거야. 내가 왼쪽으로 갈게."

사쿠가 고개를 끄덕이는 것을 확인하고 아키는 천천히 사쿠의 왼쪽으로 이동하여 끈을 바꿔 잡았다. 사쿠가 잡았던 부분이 땀으로 흥건하게 젖어 있었다.

거리를 달리는 것은 잘 포장된 러닝 트랙을 달리는 것과는 천지 차이였다. 둘이서 나란히 달릴 때는 혼자 달릴 때보다 길의 폭이 세 배 정도 넓어야 하지만, 인도는 폭이 좁을뿐더러 보행자와 자전거가 수시로 지나다녔다. 바닥도 고르지 않았다. 보도블록이 울퉁불퉁 튀어나와 있는 데다, 잊을 만하면 턱이 나오는 것도 모자라 쓰레기까지 굴러다녔다.

눈이 보인다면 가볍게 피할 수 있는 것들이지만 사쿠에게는 그 모든 것들이 걸림돌일 터였다. 턱이 낮고 파인 곳이 얕아도 발에 걸리고 차여 넘어지기 십상이었다. 맨홀 위에서는 여차하면 미끄러질 수 있는 데다, 낮게 뻗은 가로수 가지에 얼굴을 긁힐 수도 있었다. 거리는 발밑도, 머리 위도 온통 장애물 투성이였다. 그런 것들 하나하나를 놓치지 않고 주의하며 피할 수 있도록 이끌어야 했다. 러너가 안전하게 달릴 수 있도록 안내하는 것이 가이드 러너의 가장 중요한 역할이니까.

겨우 3킬로미터 정도를 뛰었을 뿐인데도, 집에 돌아왔을 때는 잔뜩 지쳐서 녹초가 되어 있었다.

그날 저녁, 아키는 학교에서 돌아오는 길에 자전거를 끌고 아침에 달렸던 길을 일부러 걸어 보았다. 이른 아침과 달리 많은 사람이 지나다니고 있었다. 뒤에서는 자전거가 종을 울리며 앞질러 갔다. 보행 보조기를 끌면서 길 한가운데를 천천히 걸어가는 할머니에, 유아차를 밀고 가는 아기 엄마, 목줄을 길게 늘인 채 개를 산책시키는 아저씨, 큰 소리로 떠들면서 뛰어다니는 초등학생 등등.

이런 곳에서 형과 함께 달릴 수 있을까? 아침에 잡았던 끈의 축축한 감촉이 아직도 손바닥에 남아 있었다. 무서워도, 놀라워도, 불안해도, 사쿠는 아무런 기색을 얼굴에 내비치지 않았다. 한결같이 온화한 표정으로 괜찮다는 말만 할 뿐이었다.

형은 그런 식으로 나를 배려하는 것일 터였다. 그것이 형의 강인함이었다. 잘 알고 있으면서도 그것 때문에 더 신경이 곤두서고 불만이 쌓였다. 형에게 배려를 받을 때마다 나약한 자신의 모습이 드러나기 때문이었다. 형의 강인함을 보면서 자신이 얼마나 연약한지를 매번 깨달아야 했다. 입안에 쓴물이 고였다. 그걸 땅에다 퉤, 하고 뱉었다.

"코스 바꿨어?"

저녁 연습을 시작한 지 얼마 지나지 않았을 때, 사쿠가 불쑥 물었다.

"응, 시바기타 공원에 있는 조깅 코스야. 이쪽이 달리기가 더 쉬워서."

"그렇구나."

아키는 사쿠를 곁눈질하면서 덧붙였다.

"길의 폭도 넓고, 자전거 도로도 따로 있어."

"……."

"왜, 마음에 안 들어?"

"아니, 나도 이쪽이 좋겠다 싶었어."

사쿠는 숨이 차는지 헉헉거리며 대답했다.

이 근처에서 조깅을 한다면 여기가 최고의 코스라는 걸 아키는 처음부터 알고 있었다. 중학교 때는 곧잘 이 코스에서 달렸으니까.

한 바퀴는 1킬로미터였다. 경사는 완만한 편이고 체육 시설용 조명이 있어서 밤에도 적당히 밝았다. 가로등도 알맞게 늘어서 있었고, 길의 폭도 넓었고, 자전거 전용 도로도 있었다. 거리의 인도를 달리는 것보다 훨씬 더 안전한 데다 달리기도 편했다.

하지만 그만큼 이곳을 찾는 사람이 많았다. 전에 같은 반의 후지사키가 이곳에서 뛰는 것을 보았다. 왜 육상부에 들어오지 않느냐고 끈질기게 물어 온 바로 그 여자애였다. 육상을 하지 않는다고 말했던 터라 체면상 여기서 마주치고 싶지가 않았다.

아키는 공원 앞까지 와서 걸음을 멈추고 사쿠에게 말했다.

"앞으로 저녁 연습은 여기서 공원 바깥쪽으로 다섯 바퀴를 돌 거야. 한 바퀴가 1킬로미터니까 다 더하면 5킬로미터야. 힘들면 언제든지 말해. 다시 생각해 볼 테니까."

"알았어."

"천천히 달려도 괜찮아."

아키는 뒤쪽을 확인하면서 말했다.

"그럼 출발해."

우선은 달리기에 몸을 적응시켜야 했다. 아침 3킬로미터, 저녁 5킬로미터. 결코 긴 거리는 아니지만 한 달에 200킬로미터를 목표로 한다면 이 정도가 적당했다.

"왼쪽으로 조금 가."

아키는 뒤에서 오는 러너에게 길을 비켜 주었다.

세 바퀴째 접어들었을 때였다. 자전거 도로에서 빨간색 자전거가 이쪽으로 달려오는 것이 보였다. 혹시나 했는데……. 역시나 나쁜 예감은 빗나가지 않았다. 후지사키였다. 그 애도 아키를 알아보았는지 지나치기 직전에 자전거를 멈춰 세웠다.

아키는 얼굴을 슬쩍 가리면서 빠르게 지나갔다.

"아키?"

사쿠가 멈추려는 걸 느끼고 끈을 잡아당겼다.

"멈추지 마."

"그래도."

아키는 사쿠를 곁눈질하면서 속도를 약간 올렸다.

"아키, 아는 사람 아냐?"

"아냐."

그렇게 대답했을 때 등 뒤에서 후지사키의 목소리가 또렷이 들렸다.

"아키, 아키!"

에이, 씨…….

"저쪽은 널 아나 본데?"

아키는 얼굴을 잔뜩 찡그린 채 똑바로 나아갔다.

"마지막이야, 100, 99, ……, 3, 2, 1, 오케이!"

아키의 목소리를 신호로 사쿠는 속도를 늦췄다.

아침저녁으로 달리기 연습을 시작한 지 삼 주가 지났다. 1킬로미터에 7분 넘게 걸리던 기록이 6분대로 내려왔다. 훈련을 마친 뒤에는 가볍게 숨을 고르며 광장에서 스트레칭을 했다. 처음 일주일은 근육통에다 발에 물집까지 잡혀서 고생했지만 차츰차츰 몸이 적응을 해 갔다.

이제는 아키도 사쿠의 속도에 맞춰 달리는 데 익숙해져서 처음처럼 피로감을 느끼지 않았다. 지금까지는 그런대로 연습이 순조로운 편이었다. 하지만 골치 아픈 일도 더러 생겼다.

"비 올 거 같으니까 빨리 스트레칭하고 집에 가자."

아키는 서둘러 아킬레스건을 늘였다. 사쿠도 발을 앞뒤로 벌리고 스트레칭을 했다.

"뭐, 신경 쓰이는 거 없었어?"

사쿠는 요즘 스트레칭을 하면서 꼭 이렇게 물었다. 아무 생각 없이 팔 흔드는 자세가 어떻다느니, 발을 디디는 게 어떻다느니 하고 대답했다가는 무지하게 귀찮아진다. 그래서 웬만하면 적당히 받아넘기곤 했는데, 그만…… 이런 말을 내뱉고 말았다.

"엉덩이가 빠져."

그 말을 내뱉자마자 아차 싶었지만 이미 늦었다.

"엉덩이가 빠진다고?"

"응."

아키는 고개를 끄덕이면서 그 말을 내뱉은 걸 후회했다.

달리는 방법에는 정답이 없다. 중학교 때 지도 교사였던 쓰지이 선생님이 했던 말이다. 사람의 체격과 골격이 저마다 다르듯이 좋은 자세도 사람에 따라 다르다나. 그래서 자신에게 맞는 자세를 찾은 선수는 기량이 부쩍부쩍 신장된다는 것이다. 그렇다고 해도 누구나 지켜야 할 기본 동작은 있다. 달리는 자세며 발을 딛는 위치, 팔을 흔드는 방식 등에 정해진 기준이 있는 셈이다. 그 기준에서 벗어나면 부상을 당할 위험이 크다.

그런 이유로 아키는 사쿠가 뭘 물을 때마다 자신도 모르게 지적을 했다.

"이렇게 하면 되는 건가?"

"아니야. 아이참, 몸이 그렇게 휘어지면 어떡해? 그런 자세로는 달릴 수가 없잖아."

이런 식이었다. 아키는 눈을 가늘게 떴다.

"엉덩이가 빠진다는 게 무슨 뜻인데?"

"엉덩이 위치가 아래로 내려가 있다고."

"엉덩이 위치가 바뀌는 거야?"

"그것과는 다르지."

"어떻게?"

"그러니까……."

아키는 이렇게 성과 없는 대화를 되풀이하는 자신에게 슬슬 짜증이 났다. 나름대로 형이 이해할 법한 표현을 고민해 보았지만 아무리 생각해도 '엉덩이가 빠진다'라는 말 말고는 달리 표현할 방법이 없었다.

누구든 눈으로 한 번 보기만 하면 바로 이해할 수 있다. 쓰지이 선생님은 부원들이 연습하는 모습을 동영상으로 찍어서 보여 주곤 했다. 부원들이 달리는 자세를 눈으로 직접 보게 하면서 잘못된 점을 차근차근 지적했다. 이어서 모범적인 달리기 자세도 보여 주었다. 두 개의 동영상을 비교하면서 발 딛는 법이나 허리 흔드는 방식 등을 하나하나 설명하는 것이었다. 그러다 보면 좋은 자세가 저절로 머리에 새겨졌다.

하지만 형에게는 '보고 익힌다'거나 '보여 주면서 가르친다'는 것을 할 수가 없었다. 그래서 형을 어떻게 지도해야 할지 그저 막막하기만 했다. 아키가 입을 꾹 다물고 있자 사쿠가 후훗, 하고 웃었다.

"왜 웃어?"

"아, 미안. 요전에도 생각했는데, 넌 남을 가르치는 데 너무 서툴러."

"뭐?"

"나쁜 뜻은 아냐. 운동선수 중에서도 선수로서는 최고인데 감독이나 코치로서는 그저 그런 사람 있잖아. 너도 그런 유형이 아닌가 싶어서."

"······날 무시하는 거야?"

"아냐, 내가 어떻게 널 무시해?"

사쿠는 발바닥을 길게 늘리면서 고개를 흔들었다.

"다만 어휘력이라고 해야 하나? 표현력이라고 해야 하나? 아무튼 그런 게 좀 부족하다 싶어."

"거봐, 결국 무시하는 거네."

아키가 발끈하자 사쿠가 또 소리 내어 웃었다.

"무시 안 해. 정말이야. 나는 네가 하는 말을 길잡이 삼고 있어."

"하지만 엉덩이가 빠진다는 것보다 더 잘 표현할 말이······."

"그럼 설명은 접어 두고 왜 엉덩이가 빠지는지나 알려 줘."

"왜긴, 근력이 부족해서 그런 거지."

아키가 대답하자 사쿠가 몸을 벌떡 일으켰다.

"어느 근육?"

"엉덩이 근육."

"그래서 엉덩이가 빠진다고?"

"엉덩이 근육이 발을 내딛을 때의 충격을 받아 내지 못해서 하반신이 틀어지는 느낌이랄까? 그래서 착지할 때마다 무릎이 심하게 굽어. 그렇게 달리면 다치기도 쉽고 속도를 내기도 힘들어."

"그럼 어떻게 하면 돼?"

"코어 근육을 강화해야지. 그리고 달릴 때 몸의 중심부를 신경 써서 의식하는 거야."

"몸의 중심부?"

"배꼽 아랫부분, 여기."

아키가 사쿠의 배를 손가락으로 꾹 눌렀다.

"여기에 힘을 준 다음, 머리와 가슴과 골반이 일직선이 되도록 해. 머리부터 골반까지 일자로 기둥을 세운다고 생각해 봐."

아키가 말하자 사쿠의 입꼬리가 위로 올라갔다.

"알았어. 해 볼게."

"……응."

사쿠에게 하나씩 대답해 주다 보니 어느새 말이 술술 풀려 나갔다. 생각해 보면, 형은 옛날부터 뭔가를 가르치는 데 재능이 있었다…….

아키는 다시 스트레칭에 몰두하는 사쿠를 흘끗 보았다. 어쨌든 형이 즐겁게 달리기만 하면 되는 거다. 선수가 될 것도 아니니, 편하게 달리는 게 최고다.

창문을 열자 풍경이 울렸다. 딸랑딸랑 울리는 풍경 소리가 사쿠의 귀에 기분 좋게 와 닿았다. 크런치와 플랭크를 각각 세 가지 동작으로 세 세트를 마쳤을 때, 엄마가 방문을 두드리며 안으로 들어왔다.

"또 운동이야?"

사쿠는 바닥에 드러누운 채 오른팔을 이마 위에 대고 숨을 골랐다.

"코어 운동이 중요하거든요."

"그렇게 무리할 거 뭐 있어?"

엄마 목소리에 못마땅한 기색이 역력했다. 사쿠는 씁쓸한 웃음을 지으면서 몸을 일으켰다.

"힘들지 않으면 그게 운동인가, 뭐."

"그래도 그렇지. 그러다 몸이라도 다치면……. 아키지? 아키 맞지? 이리 힘들게 운동시키는 게."

"아냐."

"두둔할 거 없어. 걘 무슨 생각으로……."

"엄마!"

엄마의 어깨가 살며시 흔들렸다.

"아키가 그러는 거 아니라니까. 내가 하고 싶어서 그래. 내가 달리고 싶어서 아키한테 가이드 러너 부탁한 거고. 그래서 아키가 훈련도 함께해 주고 있는 거야. 그건 전에 말했던 거 같은데……."

"그래도……."

"관심 좀 갖고 지켜봐 줘."

"……무슨 말이야?"

엄마 목소리가 낮아졌다.

"아키 말야. 그 녀석, 지금도 달리는 거 좋아해."

그때 창밖에서 리코더 소리가 들렸다. 하굣길의 초등학생이 부는 걸까? 이따금 음이 틀려서 삑삑거리는데도 마냥 경쾌하게 느껴졌다. 아키의 발소리도 그랬다. 아키는 사쿠와 리듬을 맞추는 데 익숙지 않아 하면서도 발소리만큼은 항상 경쾌하고 가벼웠다.

　"녀석도 간혹 괴로워해. 옆에서 달리다 보면 알 수 있어."

　"그럼 안 하면 되겠네."

　"내 부탁이라서 그만두지 못하는 거야."

　엄마는 한숨을 푹 내쉬었다.

　"아키는 그렇게 기특한 애가 아냐. 언제나 저만 알지. 폐를 끼쳐도 미안한 줄도 모르고. 육상을 관둔 건 아키 스스로 선택한 거야. 누가 그만두라고 한 게 아니라고. 그때 담임 선생님이랑 지도 선생님이 걱정을 하면서 여러 차례 전화하셨어. 걔가 선생님들한테 뭐라고 한 줄 알아? 지겨워졌다고 했대, 글쎄. 그래 놓고선 가이드 러너를 하겠다고?"

　"그건⋯⋯."

　"걘 너를 교묘히 이용하고 있어. 네가 부탁하니까 어쩔 수 없이 받아들이는 척하는 거겠지. 하지만 속으로는 다시 육상이 하고 싶을걸. 그런데 이제 와서 다시 하겠다고 할 수 있겠니? 당연히 못하지. 주위 사람들한테 얼마나 민폐를 끼쳤는데⋯⋯. 창피해서 어떻게 그 말을 꺼내?"

　창문으로 햇살이 내리쬐었다. 햇살 때문일까? 사쿠는 뺨이 몹시 따갑게 느껴졌다.

"엄마는 아키가 진짜로 지겨워서 그만뒀다고 생각해요?"

"그거 아니면 무슨 이유가 있겠어? 아주 제멋대로야! 조금만 제 맘에 안 들면 바로 팽개치고 저 하고 싶은 대로만 해. 그때도 그랬어!"

엄마 말에 사쿠의 머리가 움찔 흔들렸다.

"그때라니?"

엄마는 손으로 입을 막은 채 시선을 아래로 떨어뜨렸다.

"재작년 사고?"

"……."

"아키는 그 일에 책임 없어, 전혀. 그 애도 다쳤잖아. 그 애도 피해자야. 엄마도 알잖아요."

"그래도……."

"나도 그런 생각 많이 했어. 전날에 갔더라면, 그 버스에 빈자리가 나오지 않았더라면……. 그런 생각을 자꾸 하다 보니까 끝이 없더라고."

사쿠는 손가락으로 입술을 꼬집었다.

"그런 생각해 봐야 달라지는 건 아무것도 없어. 엄마, 난 운명이란 말 좋아하지도 않고, 내 인생이 운명 따위로 결정되는 것도 딱 질색이야. 그런데 운명이라고 생각하는 게 마음 편할 때도 있더라고."

"……."

"이렇게 된 건 내 운명이다. 피할 수 없었다. 처음부터 정해져 있었던 거다. 그렇게 생각하다 보면……. 아, 그렇다면 어쩔 수 없지, 그런 마음이 돼요. 나도 솔직히 납득한 건 아냐. 이런 현실을 온전히 받아들인 것도 아니고. 하지만 어쩔 수 없는 일이었다고 생각해야 살아갈 수가 있어요."

엄마는 말문이 막힌 나머지 공연히 코를 킁킁거렸다. 사쿠는 어색함을 떨치려고 앞머리를 만지작거렸다.

"엄마, 난 아키랑 달리고 싶어."

늦은 장마

어느새 6월 말이 되었다. 예년보다 이 주 늦게 장마가 찾아왔다. 낮부터 퍼붓기 시작한 비가 점점 거세지더니 7시쯤에는 하늘을 찢어 놓을 듯이 번개가 치고 천둥소리가 울렸다. 오늘은 못 나가겠네, 하고 생각하면서 아키는 창밖을 멀거니 바라보고 서 있었다. 그때 사쿠가 불쑥 방문을 열었다.

"들어가도 되니?"

"아, 잠깐만!"

"바빠? 그럼, 나중에 얘기하고."

"그게 아니라……."

아키는 방문 앞으로 뛰어가 사쿠의 팔을 잡았다.

"방이 어질러져 있어서."

아키는 방바닥에 널브러져 있는 잡지며 페트병 따위를 한쪽 발로 밀어낸 뒤 책상 의자를 사쿠 쪽으로 당겼다.

사쿠가 의자에 앉더니 피식 웃었다.

"왜?"

"평소에 방 좀 치우고 살면 좋을 텐데 싶어서."

"……뭐 어때? 아, 참! 오늘 저녁 연습은 어렵겠다."

"그러게, 천둥 번개는 좀…….."

순간, 창밖이 환하게 밝아졌다. 콰쾅! 아름드리나무를 갈가리 쪼개 놓을 듯한 굉음에 사쿠는 깜짝 놀라서 창 쪽으로 얼굴을 휙 돌렸다.

"와, 엄청나네. 꽤 가까운 데 떨어진 것 같은데? 참, 할 말 있다 고 했지?"

아키가 물었다. 사쿠는 그제야 생각난 듯 아키 쪽으로 얼굴을 돌렸다.

"훈련 프로그램 말인데, 이제 바꿔도 되지 않을까 싶어서."

"바꿔?"

"응, 거리를 좀 늘리는 것도 좋을 것 같고. 나, 체력이 꽤 좋아 진 거 같거든."

"……무리하게 할 필요는 없을 거 같은데."

아키는 침대 위에 털썩 앉았다.

"무리가 안 되는 건 아니지만, 훈련을 편하게만 하면 의미가 없잖아?"

"이미 의미는 충분히 있는 거 같은데? 형, 새로운 거 시작하고 싶다고 했잖아?"

"그랬지. 근데 기왕 할 거라면 제대로 하고 싶어서. 마라톤 대회에도 나가고 싶고. 만약 대회에 나간다면 완주 정도로 만족하긴 싫거든. 분명한 목표를 정해서 기록을 세우고 싶어."

"분명한 목표라고?"

아키는 침을 꿀꺽 삼키고 코를 찡그렸다.

"그 말은……, 정말로 마라톤 대회에 나가겠다는 뜻이야?"

"응, 그러고 싶어."

아키는 아주 당연하다는 듯이 대답하는 사쿠를 뚫어지게 바라보았다. 생각 없이 던지는 말이 아니었다. 농담을 하는 것도 아니었다. 사쿠는 지금 아주 진지했다. 그래서 더 언짢았다.

"너무 순진한 거 아냐? 지금 형은 초등학생 수준이라고."

"알아, 그래서 당장 뭐 어쩌겠다는 건 아니고. 하지만 목표를 갖는 건 내 자유잖아."

"……무슨 목표를 갖든 그건 자유지. 그런데 그건……."

아키는 다음 말을 삼키고서 입술을 꽉 깨물었다.

"뭔데? 할 말 있으면 해."

사쿠의 목소리가 착 가라앉았다.

"그렇게……만만치 않다고. 달리는 거…….."

사쿠는 보일락 말락 고개를 저었다.

"우습게 보는 거 아냐. 하지만 너하고 함께라면……. 아키 너도 다시 뛰고 싶잖아."

"뭐?"

아키의 가슴속에서 뭔가가 울컥하고 치밀어 올랐다.

"지금 내 얘기가 왜 나와? 나하곤 상관없잖아. 저기 말이야, 형! 어떻게든 앞으로 나아가려는 태도는 대단하다고 생각해. 늘 앞만 보고 열심히 노력하는 거, 진심으로 대단하다고 봐. 하지만 나는 형이랑은 달라."

"뭐가?"

"전부."

전부. 그렇다, 전부 다르다. 아키는 주먹을 꽉 쥐었다.

빗소리가 잦아들자 빗길에 미끄러지는 자동차 바퀴 소리가 크게 들려왔다.

"늘 뭐든 다 아는 것처럼 굴잖아. 내가 육상을 관둔 걸 알고도 이런 걸 시켜? ……형은 위선자야. 형은 옛날부터 그랬어. 아직도 내가 달리기에 미친 바보라고 생각하지? 근데 어쩌지? 난 이젠 달리고 싶지 않은데."

"그럼 가이드 러너는 왜 맡았어?"

"그건…… 형이 부탁했으니까."

아키의 대답을 듣고 사쿠는 자리에서 일어섰다.

"좋아, 그래도. 위선자라도 좋다고."

이렇게 말하고는 문을 열더니 다시 뒤를 돌아보았다.

"나는 부탁을 했고, 너는 받아들였어. 넌 내가 잘 달릴 수 있도록 책임지고 도와야 해."

아키는 한숨을 푹푹 쉬면서 자전거 열쇠를 바지 주머니에 넣었다. 그러고는 교실을 향해 터벅터벅 걸어갔다.

대회에서 경쟁한다는 것의 의미를, 채 두 달도 연습하지 않은 형이 알 리가 없었다. 1초, 단 1초에 집착하는 그 세계는 그렇게 호락호락하지도 않거니와 결코 아름답지도 않았다.

모든 것을 걸고 앞만 보고 달려도 원하는 것을 손에 거머쥘 수 있는 선수는 극히 일부에 지나지 않는다. 그래도 달리는 것이다. 먹은 것을 게워 내고, 눈물을 한바탕 쏟아 내고, 피땀 어린 비참함을 견뎌 내며 계속……. 수없이 때려치우자 싶으면서도 결국 돌아와서 다시 매달리곤 한다. 육상 대회를 준비한다는 것은 그렇게 고집스럽고 융통성 없는 사람이 아니고서는 불가능한 일이다.

나는 거기서 가까스로 도망쳐 나왔다. 다시 그 안으로 발을 들여놓을 자격이 없다. 형은 정말 아무것도 모른다.

하지만 진짜로 거슬린 것은 형의 순진함만이 아니었다. 대회를 준비한다는 말을 형이 자못 진지하게 입에 담았기 때문이다.

무모하기 짝이 없는 목표를 향해 주저 없이 손을 뻗는, 거의 오만에 가까운 형의 강인함이 아키의 내면을 깊게 할퀴었던 것이다.

신발장에서 실내화를 꺼내 나무 발판에 탁 소리 나게 내려놓았다. 그때 "마지막 한 바퀴!"라고 외치는 소리가 들려왔다. 운동장으로 눈길을 돌리자 한 무리의 학생들이 달리고 있었다. 그 무리의 꽁무니에 후지사키가 있었다. 상반신을 뒤로 조금 젖히고 턱을 살짝 들어 올린 채.

우연히 후지사키와 맞닥뜨린 건 형과의 훈련 첫날이었다. 그날 이후로 훈련할 때 후지사키와 마주친 적은 없었다. 후지사키는 학교에서 그 일에 대해 전혀 말을 꺼내지 않았다. 그 점이 조금 이상했지만 한편으로는 마음이 놓였다.

"다키모토 아키, 맞지?"

나직하고 갈라진 듯한 목소리였다. 옆을 돌아보니, 오렌지색 줄무늬가 있는 하얀색 티셔츠에 검은색 반바지 차림을 한 남학생이 서 있었다. 왼팔에는 러닝 시계를 차고 있었다.

"나는 3학년의 도고. 아, 육상부 부장이야."

"아, 예."

아키는 고개를 끄덕이고 실내화에 발을 꿰었다.

"무슨 할 말이라도 있어요?"

"아니. 그냥 우연히 보게 돼서 말을 건네 봤어. 후지사키한테 들었는데, 이제 육상에는 관심 없다고?"

아키는 저도 모르게 쯧, 하고 혀를 찼다. 그걸 보고 도고가 어깨를 으쓱했다.

"이제 보니까 그렇지도 않은 것 같은데?"

"예?"

그때 1학년들이 우르르 몰려오더니 아키와 도고를 곁눈질하면서 계단을 올라갔다. 도고를 바라보는 아키의 눈이 가늘어졌다.

"……무슨 말인지 모르겠는데요."

"우리 학교는 강팀은 아니지만 육상에는 다들 진심이야. 열의도 대단하고. 나쁘지 않은 환경이지."

그래서 뭐 어쩌라고. 아키는 실실 웃으며 제멋대로 지껄이는 도고의 시선을 애써 뿌리쳤다.

"가도 돼요? 나와는 상관없는 일이라서요."

"미안, 가 봐."

아키는 고개를 숙여 인사하고는 계단 쪽으로 걸음을 옮겼다.

"근데 말이야."

에잇, 또 뭐야……. 아키는 한숨을 내쉬며 뒤를 돌아보았다.

"너랑 상관없는 일인데, 우리 훈련하는 건 왜 그렇듯 아쉬운 얼굴로 바라본 거지?"

도고의 말에 아키는 뺨이 화끈 달아올랐다.

아즈사는 점심때가 좀 지나서 사쿠네 집 초인종을 눌렀다.

"무슨 일 있었니? 요즘 통 안 오기에 걱정했잖아. 오늘은 천천히 놀다 갈 수 있지? 저녁도 먹고 가."

사쿠 엄마가 문을 열어 주며 현관에서 따다다다 말을 늘어놓았다. 아즈사는 배시시 웃으며 대꾸했다.

"학교 과제가 좀 많았어요."

"그럼 여기 와서 하지 그랬니? 밥은 제대로 먹고 다니는 거야? 어디 봐. 좀 마른 거 아니니?"

"엄마."

사쿠가 2층에서 내려오며 나무라듯이 말했다.

"자꾸 그러면 아즈사가 난처하지."

"아즈사가 왜 난처해?"

사쿠 엄마는 아즈사에게 동의를 구하듯 눈을 맞추며 슬리퍼를 내주었다.

"저녁 먹고 갈 거지?"

"아, 미안. 엄마, 우리 지금 나갈 거니까 저녁 안 차려도 돼요."

"그럼 처음부터 그렇다고 할 것이지."

아즈사는 사쿠 엄마에게 미안한 얼굴로 대답했다.

"다음엔 꼭 먹고 갈게요."

"바로 준비하고 내려올게. 조금만 기다려."

사쿠가 2층으로 올라가자 사쿠 엄마가 부엌으로 들어가면서 물었다.

"그럼 차라도 마실래? 커피 괜찮니?"

"네, 고맙습니다."

아즈사는 소파에 앉았다. 무심코 눈길이 닿은 잡지꽂이 맨 아랫단에서 A4 크기의 책자를 집어 들었다. 표지에 《점자 입문》이라고 적혀 있었다. 책장을 넘기자 새하얀 종이 위에 오돌토돌한 점이 빼곡히 차 있었다.

"아즈사, 설탕이랑 우유 넣을까?"

사쿠 엄마가 부엌에서 물었다.

"우유만 조금 넣어 주세요."

아즈사는 점자를 손가락 끝으로 하나하나 더듬었다.

"그거, 어렵지?"

어느새 사쿠 엄마가 다가와 탁자에 커피잔을 내려놓으면서 말했다.

"아, 죄송해요. 멋대로 봤네요."

아즈사가 얼른 책장을 덮자 사쿠 엄마가 미소를 지었다.

"괜찮아. 점자 번역하는 자원봉사를 할까, 하고."

"어머, 대단하시네요."

"대단하긴, 이제 배우는 중인데."

사쿠 엄마가 환히 웃으면서 아즈사를 빤히 바라보았다.

"아즈사, 난 네가 부럽다."

"제가요?"

아즈사는 고개를 갸우뚱하며 되물었다. 사쿠 엄마가 고개를 끄덕였다.

"사쿠가 너한테는 많은 걸 의지하잖니? 우리한테는 안 그래. 뭘 해 주려 해도 싫어하지. 나는 어떻게든 도움이 되고 싶은데. 간접적으로라도 말이야."

"아줌마……."

아즈사는 말끝을 흐렸다. 사쿠 엄마는 아무 말 없이 책자를 집어 들었다. 얼마 지나지 않아 사쿠가 거실로 내려왔다.

"많이 기다렸지? 어서 나가자."

"아줌마, 커피 잘 마셨어요. 아, 참!"

아즈사는 자리에서 일어나다가 가방에서 갈색 종이봉투를 꺼냈다.

"이거, 아빠가 또 보내 주셨어요."

"어머나, 싱가포르 비누? 저번에 준 거 써 봤는데 정말 좋더라."

사쿠 엄마는 종이봉투를 얼굴에 바짝 갖다 대고 향을 맡았다.

"백단향 냄새도 마음에 쏙 들고, 피부도 아주 촉촉해지던걸."

"우아, 다행이네요. 아빠한테 매일 보내면서 비누가 좋다고 했더니 여러 개 보내 주셨지 뭐예요."

아즈사 말에 사쿠 엄마가 환하게 미소를 지었다.

"아빠한테 고맙다고 말씀드려."

"네."

"그럼 갔다 올게요, 엄마."

둘은 현관을 나와 역 쪽으로 걸었다.

"신경 많이 쓰였지? 미안해."

사쿠가 말하자 아즈사는 "응?" 하고 고개를 갸웃했다.

"우리 엄마 말야."

"아, 비누? 아줌마가 흔쾌히 받아 주셔서 내가 더 고맙지. 아빠가 혼자는 다 못 쓸 만큼 많이 보내 주셨거든."

"그랬구나. 엄마가 진짜 좋아하는 것 같던데."

"그렇게 좋아해 주시니까 괜히 죄송해지더라고. 사쿠, 아키랑 같이 아줌마한테 종종 선물도 좀 하고 그래."

"선물?"

"비누 하나로 그렇게 좋아하시잖아."

"괜히 오해를 할 수도 있어."

사쿠가 웃으며 대꾸하자 아즈사도 미소를 지었다.

"사쿠, 점자 읽을 수 있어?"

"응? 조금. 그건 왜?"

"전에 네 방에 있는 거 봤거든. 점자란 게 그 점으로 글자나 숫자를 읽는 거지?"

"응, 손가락으로 더듬어서 읽어."

"휴, 어렵겠네."

아즈사가 한숨을 쉬자 사쿠가 고개를 끄덕였다.

"나도 아직은 책을 읽을 정도는 아냐. 뭐, 당장 점자를 못 읽어도 별 어려움은 없어. 음성으로 책을 읽어 주는 애플리케이션도 있으니까. 그래서 나처럼 어느 정도 나이가 들어서 시각 장애가 생긴 사람은 점자를 못 읽는 경우가 많대."

"그렇구나."

사쿠 입에서 '장애'라는 말이 아무렇지도 않게 나올 때마다 아즈사는 가슴이 덜컥 내려앉았다.

"사쿠, 점자 배우고 싶어?"

"응, 배워 두면 아무래도 편리할 테니까. 맹학교 선생님이 그러는데, 점자를 읽고 쓸 줄 알면 대학 가는 데 크게 도움이 된대.
뭐, 시간도 남아돌잖아."

아즈사는 고개를 끄덕이며 사쿠의 팔에 손을 얹었다.

"사쿠, 달라졌어."

"응?"

"달라졌다기보다 옛날로 돌아간 것 같아. 걸으면서 이야기도
하고."

"난 또."

사쿠가 피식 웃었다.

사쿠는 밖에서 걸을 때면 잔뜩 긴장을 했다. 앞을 볼 수 있었
던 시절에는 바깥에서 걸을 때 아무렇지도 않게 이어폰으로 음
악을 듣거나 전화를 하곤 했다. 이런저런 소리에 귀를 기울이지
않아도 눈으로 주변을 살피고 상황을 파악할 수 있기 때문에 설
령 장애물이 있어도 반사적으로 피할 수 있었다.

막상 눈이 보이지 않게 되고 나서야 그동안 얼마나 시각에 많
이 의지하며 살았는지 뼈저리게 느꼈다. 사쿠는 접은 채로 들고
있던 지팡이를 펴서 앞으로 내밀었다. 지팡이로 수십 센티미터
앞의 안전을 확인하고 예측하면서 발을 내딛었다. 이 지팡이로
볼 수 있는 세계는 단 두 발짝이 전부였다.

눈으로 보는 대신 소리와 기척과 냄새로 파악하려다 보니, 아

무래도 온 신경이 거기에 집중될 수밖에 없었다. 이야기를 나눌 땐 상대방 말에 엄청나게 귀를 기울이게 되는데, 어쩌다 말이라도 하게 되면 자기 목소리 때문에 주위에서 나는 소리를 놓치기 십상이었다. 그만큼 주위의 기척을 알아차리기가 어려워졌다. 사실 얼마 전까지는 걸으면서 대화한다는 건 상상조차 하지 못했다.

보이는 세계를 알고 있는 이에게 보이지 않는 세계는 무척이나 무섭다. 사고가 난 지 일 년도 더 지난 지금도 여전히 무서웠다. 아마 앞으로도 계속 그럴 것이다. 다만, 아키와 함께 달리기를 하면서 조금, 아주 조금이지만 달라진 기분이 들었다.

역에 도착하자 아즈사가 걸음을 멈췄다.

"혼자서 정말 괜찮겠어?"

"괜찮다니까. 오늘은 오기쿠보까지만 갔다가 돌아올 거야."

"정말로 무리하면 안 돼. 자, 약속해."

아즈사의 목소리에 긴장감이 배어 있었다. 사쿠는 그걸 느끼고서 애써 웃어 보였다.

"그 역에 몇 번 가 본 적 있어서 구조도 대강 알아. 그리고 옆에서 말 거는 사람도 없잖아."

"그래, 알았어. 무슨 일 있으면 바로 지팡이 들어 올려. 그럼 바로 달려갈 테니까."

시각 장애인이 지팡이를 얼굴 높이로 드는 것은 구조 요청 신호이다. 사쿠가 고개를 끄덕이자 아즈사가 셔츠 자락을 움켜잡으며 다짐하듯 말했다.

"조심해."

"에휴, 호들갑은⋯⋯. 전쟁터에 나가는 것도 아닌데."

"나, 그런 농담 싫어!"

아즈사가 쏘아붙이자 사쿠는 겸연쩍게 웃으며 개찰구를 빠져나갔다.

사실 전쟁터에 나간다기보다는 꼭 첫 심부름을 가는 어린아이 같은 기분이다. 사쿠는 자조하듯 씁쓸히 웃었다. 바로 앞의 계단을 올라가 상행선 플랫폼으로 들어섰다. 누구에게도 의지하지 않고 가고 싶은 곳에 혼자서 가는 것. 그건 집에 돌아온 후로 쭉 사쿠가 원하던 바였다. 이런 연습을 좀 더 일찍 시작했더라면 더 좋았을 테지만, 아즈사와 신주쿠에 갔을 때의 일이 트라우마로 남아 생각처럼 쉽게 시도할 수가 없었다.

그때 지하철 안에서 떠밀려 나온 순간, 사방에서 소리가 와르르 쏟아져 내렸다. 그 와중에 소용돌이치는 인파에 이리저리 떠밀리다가 누군가와 부딪치자마자 그만 균형을 잃어버렸다. 단지 그뿐이었는데⋯⋯.

그 후로 사쿠는 자신이 어느 쪽을 향해 서 있는지 갈피를 잡기가 어려웠다. 방향 감각을 잃고 말았던 것이다. 그런 데다 누군가에게 등을 휙 떠밀리면서 지팡이를 놓칠 뻔했다. 아즈사가 재빨리 부축하며 상황을 설명해 주지 않았더라면 아마 그곳에서 한 발짝도 움직이지 못했을 것이다.

시각 장애인 가운데서도 혼자서 낯선 곳을 여행하는 사람이 있다고 한다. 시각 장애인이면서도 격투기 선수가 되거나 유학을 떠나는 경우도 있다고 들었다. 누군가 말했다. 그들은 눈이 보이는 사람은 볼 수 없는 세계를 볼 수 있는 사람들이라고.

하지만 사쿠는 특별하고 대단한 시각 장애인 이야기 따위에는 관심이 없었다. 다만 시각에 의지하지 않고도 일상생활을 하면서, 눈이 보이던 시절의 삶을 흉내라도 내고 싶을 뿐이었다. 눈이 보이는 사람은 볼 수 없는 세계……. 그런 대단한 것은 바라지 않았다. 그저 눈앞의 세계를 보고 싶었다.

맹학교에 들어간 지 반년이 지나면서 조금씩 일상생활을 할 수 있게 되었다. 흰 지팡이를 이용해서 혼자 밖을 걸어 다니는 것, 옷을 세탁하는 것, 컵에 차를 따르는 것, 촉지식 손목시계로 시각을 읽는 것, 휴대폰 음성 인식 기능으로 애플리케이션을 열고 검색하고 문자를 보내는 것 등을 배웠다.

눈으로 볼 수는 없어도 손끝으로 만지고, 냄새로 확인하고, 소리로 구별했다. 매 순간순간 지금까지와는 다른 세계에 들어서는 듯한 기분이 들었다. 어떻게든 강해지자고 다짐했다. 아니, 강해질 수 있으리라고 믿었다. 그래서 집에 돌아올 결심을 했다. 집에서도 보호받고 도움받는 존재는 아니고 싶었다. 그렇게 자신할 만큼 연습했고 익숙해졌다고 믿었다. 그런 믿음에 의지하여 하루하루를 견뎌 왔다.

하지만 현실에서는 지하철을 타는 간단한 일조차 혼자서 할 수가 없었다. 누군가 손을 잡아 주지 않으면 가고 싶은 곳에 가지 못했다.

"늘 앞만 보고 열심히 노력하는 거, 진심으로 대단하다고 봐. 하지만 나는 형이랑은 달라."

아키의 말이 귓가에 쟁쟁하게 울렸다.

"난 그런 사람이 아니야."

사쿠는 나직이 중얼거렸다. 단지 버티는 것뿐이었다.

"잠시 후, 3번 홈에 도쿄행 급행열차가 들어오겠습니다. 위험하오니 노란색 점자 블록 뒤로 물러나 주시기 바랍니다."

플랫폼에 안내 방송과 전자음이 흘러나오고, 얼마 뒤 강한 바람을 일으키면서 열차가 홈으로 들어왔다. 사쿠는 흐읍, 하고 숨을 들이마신 후 흰 지팡이를 고쳐 잡았다.

현관문을 열면 언제나 신발장 옆에 세워져 있던 흰 지팡이가 보이지 않았다. 형이 외출한 건가……?

순간, 아키는 자신이 안도하는 것을 알아차리고 고개를 휘휘 저었다. 거실에는 눈길도 주지 않고 곧장 2층으로 올라가 형의 방문을 열어 보았다. 여느 때처럼 방 안이 깔끔하게 정돈되어 있

었다. 원래부터 남자치고는 정돈을 잘하는 편이었지만 맹학교에
서 돌아온 뒤로는 훨씬 더 그랬다. 침대에는 이불이 반듯하게 정
리되어 있었고, 책상에는 휴대폰 충전기와 이어폰, 라디오가 가
지런히 놓여 있었다. 파이프 행거에는 옷이 빼곡하게 걸려 있었
는데, 오른쪽으로 갈수록 옷 색깔이 점점 짙어졌다.

"지금 뭐 하는 거야?"

아키는 날카로운 목소리에 움찔 놀라 뒤를 돌아보았다. 엄마
가 개킨 옷가지를 손에 들고 계단에 서 있었다.

"아무것도 아냐."

아키는 짧게 대꾸하고 자기 방으로 얼른 들어갔다. 엄마가 옷
가지를 든 채 뒤따라 들어왔다.

"왜? 할 말 있어?"

아키는 가방을 확 집어 던지고 교복 차림 그대로 침대에 벌렁
드러누운 채 휴대폰을 집어 들었다.

"다녀왔다는 인사 정도는 하는 게 어때?"

"다녀왔습니다."

엄마는 길게 한숨을 내쉬고는 커튼을 열어젖혔다.

"빨래한 거, 여기에 놓아둔다."

엄마는 잡지와 페트병이 어지럽게 널브러져 있는 책상에 세탁
한 빨래를 내려놓고 흘끔 돌아보았다.

"학교는 어땠어?"

아키는 휴대폰 화면을 만지작거리다가 멈추고 고개를 들었다. 엄마가 학교생활에 대해 물은 게 얼마 만이던가.

"어떻긴."

"얼마 안 있어 기말고사 아냐?"

"어, 응."

고개를 끄덕이고 다시 휴대폰으로 시선을 돌렸다.

"그럼 슬슬 시험 준비를 해야지. 친구들은⋯⋯."

아키는 휴대폰을 침대에 내려놓고 몸을 벌떡 일으켰다.

"아, 진짜! 아까부터 왜 그래?"

"왜긴."

엄마는 어색하게 대답하며 아키의 눈길을 피했다. 아키는 그런 엄마를 보며 콧방귀를 뀌었다.

"그렇게 억지로 엄마 노릇하려고 애쓰지 않아도 되거든."

"그게 무슨 소리야?"

"무슨 말인지 몰라서 그래? 쳇, 별로 관심도 없으면서."

"멋대로 말하지 마. 엄만 네가 걱정돼서⋯⋯."

아키는 비웃는 것마냥 피식거렸다.

"지금 그 말, 진심이야?"

"다, 당연하잖아."

아키는 엄마 표정이 굳는 걸 보고 더 기세등등해졌다.

"와우."

"자식이 걱정되지 않는 엄마가 어디 있어?"

"왜 없어? 주변에 우글우글하네 뭐. 아니, 솔직히 나한테 관심도 없잖아."

"그게 말이 돼! 알지도 못하면서."

"보면 알지. 아마 다 알걸. 아빠도, 형도. 아, 형은 안 보이겠네."

그렇게 말하고 히죽거린 순간, 엄마 손이 아키의 뺨을 후려쳤다. 엄마의 커다란 눈동자가 아키를 빤히 바라보았다. 분노도 중오도 아닌, 경멸이 담긴 차가운 시선이었다.

엄마는 그대로 방에서 나갔다. 아키는 얻어맞은 뺨을 손으로 가만히 만져 보았다. 화끈거리던 뺨이 욱신욱신 아파 왔다. 화가 치민 나머지, 손에 힘을 꽉 주었다.

어느새 방이 어두컴컴해졌다. 창밖에서 나는 풀벌레 소리만이 가득할 뿐, 다른 소리는 아무것도 들리지 않았다. 아키는 말없이 집을 나섰다.

바깥바람은 눅눅하고 무거웠다. 이제 막 장마철에 접어들어서 그런지, 밤공기에 여름 냄새가 섞여 있었다. 하늘을 올려다보니 보름달이 구름에 가려져 흐릿했다. 또 비가 쏟아지려나 보다. 큰길 쪽으로 걸음을 옮겼다. 그로부터 한 시간도 채 지나지 않아서 빗방울이 투두둑 떨어졌다.

투둑, 투두둑, 빗방울이 금세 굵어졌다. 아키는 하는 수 없이 길가의 패스트푸드 가게로 뛰어 들어갔다. 콜라와 햄버거를 사

들고 2층으로 올라가자 초등학교 고학년쯤으로 보이는 아이들과 직장인처럼 보이는 양복 차림의 남자, 어린아이를 데리고 온 젊은 부부가 띄엄띄엄 앉아 있었다.

아키는 창가 자리에 앉아 턱을 괴고 휴대폰을 보았다. 한참 게임을 하고 있자니 밑에서 떠들썩한 소리가 들려왔다. 곧이어 대학생처럼 보이는 청년 몇몇이 우르르 몰려와 뒤쪽 탁자에 자리를 잡았다. 뭐가 그리도 재미있는지 큰 소리로 웃으면서 동아리가 어떻다는 둥, 여자 아르바이트생이 어떻다는 둥 하면서 떠들어 댔다.

에이, 시끄러워……. 자리를 뜨려고 몸을 일으키면서 창밖을 보았다. 아까보다 비가 더 거세게 퍼부었다. 어쩔 수 없이 자리에 도로 앉아 또다시 왼손으로 턱을 괴었다.

"아, 2학년 때 그만둔 애?"

아키는 딱히 뭔가를 보는 것도 아니면서 괜스레 휴대폰을 만지작거렸다. 그런데 별안간 뒤에 앉은 무리의 말소리가 귓가를 스쳤다.

"맞아, 다키모토 사쿠."

형 이야기일까? 생각해 보니 형이 다녔던 고등학교가 이 근처에 있기는 했다. 아키는 유리창에 비친 그들의 얼굴을 뚫어져라 쳐다보았다.

"당연히 알지. 그때 버스 사고를 당했던 애잖아."

쿵쿵, 심장이 마구 뛰었다.

"아, 생각났다. 맞아, 있었어."

"1학년 때 나랑 같은 반이었는데 꽤 좋은 녀석이었어. 왜, 사쿠가 어떻게 됐는데?"

"신문에 크게 나지 않았나? 중상이라고……. 다들 많이 걱정했는데, 어느새 학교를 그만뒀더라고."

"아아."

"아니, 왜 사쿠가 그만둬? 피해자잖아?"

"맞아, 나도 왜 그럴까 생각해 봤지. 그런데 말이야."

목소리가 갑자기 작아졌다.

"아, 알았다!"

"다나카, 네가 말해 봐."

아키는 가벼운 웃음이 섞인 목소리에 가슴이 조여 와서 입술을 꼭 깨물었다.

"죽었으니까."

"이 바보야! 안 죽었어. 죽었으면 학교에서 그냥 지나갔겠냐? 뭔가를 했겠지."

"맞다, 책상에 꽃도 없었어."

"죽은 애 책상에 진짜로 꽃 같은 걸 놓나?"

"모르지. 근데 난 그거 괜히 으스스하더라."

그 말에 청년들이 와르르 웃음을 터뜨렸다. 등 뒤에서 오가는 목소리를 듣고 있자니, 피가 거꾸로 솟는 것처럼 온몸이 뜨거워졌다. 가슴속에서 분노가 부글부글 끓어올랐다.

"그래서 어떻게 됐는데?"

"심하게 다쳤대. 꽤 위험했던 모양이더라."

"위험했어?"

"웬만큼 다쳤으면 휴학을 했겠지. 그렇게 못한 건 말이지."

쓰으읍, 하고 빨대 소리가 났다.

"눈 때문이래."

"눈?"

"응, 실명했다나 봐."

"우아, 진짜, 대박!"

청년들이 실명이란 말에 흥분해서 소리를 내질렀다.

"근데 그런 경우는 보험금 같은 거 나오지 않나?"

"당연히 나오지."

"그럼 사쿠는 앞으로 일을 하지 않아도 되는 거 아냐!"

"쳇, 우리는 지금 지옥인데! 이제 이 년만 있으면 취업 준비도 해야 하고."

"와우! 사쿠는 인생 참 편하겠는걸."

"먹고살 걱정 같은 거 안 해도 되고."

오오! 하는 목소리들이 겹쳐지더니 이내 웃음소리로 바뀌었다. 덜컹! 소리를 내면서 아키가 자리에서 벌떡 일어났다. 순간,

공기의 흐름이 멈췄다.

"휴우, 쫄았잖아."

여전히 웃음기를 머금은 목소리가 말했다.

아키는 그 무리를 등지고 계단을 성큼성큼 내려가다가 우뚝 멈춰 섰다.

"열라 시끄럽네."

"뭐?"

"쟤, 뭐냐?"

아키가 계단을 마저 내려가자 2층에서 천박한 웃음소리가 터져 나왔다. 닥쳐, 그 입 닥치라고! 그게 그렇게 편해 보여? 그럼 너도 실명하든가! 실명해 보라고. 뭘 안다고 나불거려? ……나도 잘 모르지만, 하지만, 그래도, 아무것도 모르는 타인들이 형에 대해 함부로 지껄이는 건 듣기 싫었다.

아키는 묵직하게 내리꽂히는 빗줄기 속을 냅다 뛰었다.

매애앰, 머리 위에서 매미가 시끄럽게 울어 대었다. 등 뒤에서 내달아 오던 오토바이가 바람을 가르며 쌩하니 지나갔다.

"15미터쯤 앞에 사람이 한 명 있고, 그 앞에 또 한 명 있어. 오른쪽으로 앞질러 갈 거야."

아키는 끈을 살짝 잡아당겨서 사쿠의 팔을 가볍게 잡은 뒤 오른쪽으로 크게 꺾었다. 사쿠도 아키의 움직임에 맞춰서 달려 나갔다. 몇 초 후, 둘의 발소리에 또 하나의 발소리가 섞여 들었다. 발소리가 커지면서 낯선 사람의 거친 숨소리가 들리는가 싶더니 이내 뒤로 사라져 갔다.

"앞질렀어. 이대로 또 한 명을 앞지를 거야."

탓, 탓, 탓. 경쾌한 발소리가 사쿠의 몸속에서 울려 퍼졌다. 두 명을 더 앞지르고 나서야 아키는 손목시계를 보았다.

"속도 좀 더 올릴까?"

"응."

사쿠가 고개를 끄덕이자 아키는 몸을 살짝 앞으로 기울였다. 속도가 금세 빨라졌다. 사쿠도 거기에 맞추어 뛰었다. 바람 소리가 쉭쉭 거칠어졌다.

"이제 마지막 한 바퀴, 지금 이 속도로."

"오케이."

"마지막 50."

바람 소리를 타고 아키의 목소리가 울렸다.

"3, 2, 1, 종료!"

사쿠는 아키의 신호를 듣고 몸에서 힘을 스윽 빼며 걸음을 멈췄다. 심장이 요동쳤다. 숨이 몹시 가빴다. 무릎을 손으로 짚고는 연방 어깨를 들썩였다. 땀이 마치 비가 오듯 턱을 타고 주르르 흘러내렸다.

"방금 1킬로미터 반 뛰었어. 힘들었지?"

"아, 아니. 괜찮아."

사쿠는 크게 숨을 내쉬면서 몸을 일으켰다.

"그럼 다음부터는 매뉴얼을 좀 바꿔 볼까?"

"뭐?"

아키는 엉겁결에 되묻는 사쿠에게 팔을 내밀며 광장 쪽으로 걸어갔다.

"지금까지 하던 대로 정해진 거리만 달리면 지구력이나 근력을 기를 순 있지만 기록을 올리기는 어려워. 지금까지의 기록을 유지하는 것조차 힘들 수 있어."

아키가 먼저 이런 말을 꺼낸 건 처음이었다. 사쿠는 당황스러워하면서도 짐짓 맞장구를 쳤다.

"지구력과 속도는 심폐 기능에 달려 있어. 이걸 단련해야만 지구력도 강해지고 순발력도 높아져. 아까 마지막 바퀴를 달릴 때 속도를 높이니까 금방 숨이 찼잖아."

"응, 그랬지."

"쉽게 말하면 지금처럼 숨이 찰 정도로 훈련을 해야 한다는 거야."

아키는 광장에 다다르자 곧바로 스트레칭을 했다. 그런데 아키답지 않게 스트레칭을 하면서도 말을 멈추지 않았다.

"심폐 기능을 기르는 훈련법은 많이 있어. 나는 중학교 때 윈드 스프린트, 빌드 업, 인터벌 같은 걸 주로 했는데……."

"아, 잠깐만. 그것들이 뭔지 먼저 설명해 봐."

사쿠가 아키의 말을 막았다.

"윈드 스프린트라는 건 조깅하듯이 천천히 달리다가 100미터 정도를 전력 질주한 후, 다시 칠팔십 퍼센트의 힘만 쓰면서 달리는 거야. 그러면 조깅을 할 때와는 다른 근육을 쓰게 되어서 자연스럽게 보폭이 커지고 팔도 더 크게 흔들게 돼. 자세가 역동적으로 된다고 할까?"

"그만큼 힘이 들겠네."

아키는 겁먹은 목소리로 중얼대는 사쿠를 보며 히죽 웃었다.

"힘들지. 나는 그거 하다가 토한 적도 있어."

"진짜?"

"진짜로! 그리고 빌드 업은 천천히 출발해서 조금씩 속도를 올리는 훈련법이야. 예를 들면, 처음 한 바퀴를 5분 동안 달렸다면 다음 바퀴는 4분 55초, 그다음 바퀴는 4분 50초, 이런 식이지. 마지막으로 인터벌 달리기는 단거리를 질주하듯이 빠르게 달리다가 중간중간에 조깅 속도로 천천히 뛰는 훈련법이고. 제대로 된 트랙에서 연습한다면 윈드 스프린트나 인터벌 같은 훈련이 편하겠지만 여기에서는 빌드 업이 나을 거야. 다음부터는 빌드 업을 한 주에 두 번 정도씩 넣어 볼까 해."

사쿠는 아킬레스건을 늘이며 가만히 듣고 있다가 오른발을 손으로 짚은 채 얼굴을 들었다.

"……아키, 무슨 일 있었어?"

아키 방에서 말씨름을 한 후로 사흘 만에 하는 훈련이었다. 어제도, 그제도 새벽 5시에 현관에서 기다렸지만 아키는 끝내 나오지 않았다. 밤에도 9시 넘어 집으로 돌아와서는 자기 방에만 틀어박혀 있었다.

어릴 때부터 아키와는 거의 싸운 기억이 없었다. 이런 말을 하면 사람들의 반응은 대개 믿지 않거나 이상해하든가, 둘 중 하나였다. 물론 싸운 적이 전혀 없었던 건 아니다.

아키가 유치원에 다닐 때, 한 번 엉겨붙어 싸운 적이 있었다. 사실 그 나이 때의 세 살 터울은 여러모로 차이가 꽤 컸다. 체격에서도, 힘에서도 아키가 사쿠를 당할 리 만무했다. 그래서 언제나 승부는 쉽게 났다. 그때 왜 싸움이 벌어졌는지는 기억나지 않지만 힘으로는 당할 수 없다는 것을 깨달은 아키는 방바닥에서 데굴데굴 뒹굴면서 얼굴이 시뻘게진 채 울어 댔다. 그런 동생의 모습을 멍하니 바라봤던 기억이 지금도 생생하게 떠올랐다.

하지만 이번에 아키와 부딪친 것은 그때와 사뭇 달랐다. 아키는 그때처럼 성질을 부리며 악다구니를 쓰지 않았다. 그래서 더 곤혹스러웠다. 뭘 어떻게 해야 좋을지, 무슨 말을 해야 할지, 틀어진 관계를 어떤 식으로 회복해야 할지 도무지 모르겠어서 그저 막막했다. 아키에게 강요하듯이 말했던 스스로에게 도리어

당혹감마저 느껴졌다.

그래서 오늘 아침에 아키가 현관으로 나왔을 때는 마음이 놓이면서 반가운 마음까지 들었다. 아키는 사흘 전의 일에 대해서는 한마디도 하지 않았다. 마치 아무 일도 없었던 것마냥 평소처럼, 아니 평소보다 더 마음을 다해 달렸다.

그때 광장 안쪽 테니스 코트에서 탁, 탁, 하고 공을 치는 소리가 들렸다. 아키는 오른발에 천천히 체중을 실으면서 발바닥을 쫙 폈다.

"형도 그렇게 멍하니 있지 말고 얼른 스트레칭해."

"응."

사쿠는 잔디밭에 앉아서 다리를 쭉 펴며 스트레칭을 했다.

"나야 네가 훈련 매뉴얼을 고민해 주면 무지 고맙지."

아키는 사쿠를 흘끗 보았다.

"형이 먼저 그랬잖아, 매뉴얼 바꾸고 싶다고."

"그랬지. 하지만……."

사쿠는 말끝을 흐리며 고개를 끄덕였다. 그러자 아키가 나직이 말했다.

"형이 하고 싶다는데 내가 굳이 반대할 이유는 없다고 생각했을 뿐이야."

"아, 그랬구나."

사쿠는 발을 앞으로 쭉 편 다음 그 위로 윗몸을 서서히 굽혔다.

"고등학교 육상부 애들은 10,000미터를 달릴 때 30분 이내 완주를 목표로 훈련해. 일반인이라면 35분 정도일 거고. 이 정도면 대회에 나가서 상위권에는 충분히 들어."

"사카노 아저씨 말로는 요요기 공원에서 훈련하는 사람들 평균이 1킬로미터에 6분대라고 하던데?"

"평균적으로야 그렇지. 하지만 입상권에 들려면 10,000미터를 40분대 초반까지는 완주해야 해. 그래서 앞으로는 기록에 조금 더 신경 써 보려고."

아키는 이렇게 말하고서 사쿠가 스트레칭하는 모습을 가만히 지켜보았다. 사쿠는 두 다리를 쭉 뻗고선 손으로 발끝을 꽤 여유롭게 붙잡은 상태에서 상체를 앞으로 납작하게 구부렸다.

"형, 완전 유연한데?"

"그래?"

"다리를 벌리고 몸을 앞으로 좀 더 구부려 봐."

"아, 응."

사쿠는 아키가 말하는 대로 다리를 양옆으로 벌린 뒤 몸을 앞으로 더 구부렸다. 코끝에 잔디가 닿자 흙냄새가 물씬 났다.

"자세를 바꿔 볼까?"

"뭐?"

사쿠는 땅바닥에 손을 짚고 몸을 일으켰다.

"자세라니, 달리기 자세?"

"응."

아키는 잔디 위에 철퍼덕 앉았다.

"형은 보폭이 좁아. 그게 나쁘다는 건 아냐. 보폭을 좁히는 대신 회전수를 올리는 방법을 피치 주법이라고 하는데, 그렇게 하면 발목에 부담이 덜 가고 부상 위험도 적어. 동양인에게는 그 방법이 맞다고도 해. 다만 회전수가 많아지니까 그만큼 피로해지지. 그건 어쩔 수 없어."

사쿠는 진지한 표정으로 고개를 끄덕였다. 아키는 말을 이어 나갔다.

"반대로 스트라이드 주법은 보폭을 넓게 하는 거야. 아무래도 발에 부담이 많이 가지. 어느 정도 근력이 있는 경우에 적합해."

"그럼 나한테는 피치 주법이 맞는 거네?"

"스트라이드 주법은 속도 내기가 좋아."

아키는 바싹 마른 입술을 혀로 핥았다.

"형은 근력이 부족하지만 고관절이 유연해. 그 말은 관절의 가동 범위가 넓다는 뜻이지. 그 장점을 살려 보는 게 어떨까 싶어."

"해 볼게."

"어?"

아키는 이런 대답을 미처 예상하지 못했던 듯 놀란 표정으로 사쿠를 바라보았다.

"왜 그렇게 얼빠진 표정이야?"

"대답이 너무 빨라서."

아키가 당황스런 기색을 보이자 사쿠가 빙그레 미소를 지었다.

"내가 싫다고 할 줄 알았어?"

"아, 그건 아닌데……. 사실 자세 바꾸는 게 생각보다 꽤 어렵거든."

"그래도 넌 해 볼 만한 가치가 있다고 생각하는 거지?"

"그……렇지."

"그럼 해야지."

사쿠는 뺨을 타고 흘러내리는 땀을 손등으로 훔치고는 자리에서 일어났다. 나뭇잎이 서걱서걱 흔들렸다. 부드러운 바람이 살갗을 쓰다듬듯이 훑고 지나갔다.

"가자."

사쿠가 손을 내밀자 아키가 그 손을 잡고 일어났다.

장마가 끝나고 이틀이 더 지난 일요일이었다. 사쿠와 아키는 요요기 공원으로 훈련을 하러 가고 있었다.

일요일의 하라주쿠역은 웬만한 놀이공원보다 더 혼잡했다. 플랫폼에서 개찰구까지 인파를 헤치며 걸어가고 있을 때였다. 등 뒤에서 쩌렁쩌렁한 목소리로 부르는 소리가 들렸다.

"다키모토 형제!"

"우치무라 아저씨야."

사쿠가 피식 웃으며 말했다. 아키는 뒤를 돌아보고는 곧장 인상을 썼다. 우치무라 아저씨는 훈련 모임에서 만난 사십 대 중반의 베테랑 가이드 러너였다. 풍채가 아주 좋은 데다 머리를 늘

한 갈래로 묶고 있어서, 아키는 우치무라 아저씨를 '머리 묶은 고릴라' 같다고 말하곤 했다.

개찰구를 빠져나오자 우치무라 아저씨가 곧바로 쫓아왔다.

"좋은 아침!"

"네, 좋은 아침입니다."

사쿠가 반갑게 인사를 건넸다.

"안녕하세요?"

아키는 웅얼거리듯 건성으로 인사를 했다. 사쿠가 먼저 말문을 열었다.

"오늘도 더울 것 같죠?"

"뭐, 비 오는 것보단 낫지."

우치무라 아저씨는 대꾸를 하다가 사쿠를 빤히 바라보았다.

"사쿠, 몸이 아주 단단해졌군그래."

"그런가요?"

"지난달에 봤을 때보다 종아리가 더 딴딴해 보이는걸. 걷는 자세도 훨씬 좋아졌고."

"뭐, 6월부터 계속 코어 운동을 하고 있으니까."

아키가 나직하게 중얼거리자 우치무라 아저씨가 고개를 끄덕였다.

"그랬군. 어떤 운동을 하건 몸의 중심을 잡아 주는 건 중요하지. 지금이야 코어 운동이 기본 중의 기본이지만 우리가 젊었을 때만 해도 그렇지가 않았거든. 뭐, 그 시절에도 잘하는 사람은 꼭 있었으니까 딱히 시대를 탓할 순 없지만."

우치무라 아저씨는 이렇게 말하면서 껄껄껄 웃었다.

"지금부터라도 하면 되지 않을까요? 앞으로도 계속 달리실 거잖아요. 뭐, 효과를 보려면 저보다 시간은 더 걸리겠지만요. 아저씨는 이제 나이가 있으니까."

"요게 날 노인네 취급하네!"

사쿠가 혀를 빼꼼 내밀며 장난스럽게 말했다. 우치무라 아저씨는 팔로 사쿠의 목을 조르는 시늉을 하다가 기분 좋은 듯이 너털거리며 사쿠의 머리칼을 손으로 흩트렸다.

"한번 해 볼까나."

"네, 해 보시죠."

우치무라 아저씨는 사쿠 말을 듣고는 아키를 흘끗 곁눈질했다. 아키가 퉁명스런 목소리로 물었다.

"왜요?"

"난 아키한테 아무 말도 안 했는데? 근데 내가 할 말이 있는 것처럼 보였다면……."

"보였다면요?"

"왜 그런지 생각해 봐."

"예?"

아키는 대놓고 인상을 꽉 썼다.

"그럼, 난 먼저 갈게. 화장실이 급해서……."

우치무라 아저씨는 공원을 향해 총총히 걸어갔다.

사쿠가 걸음을 떼면서 아키에게 말했다.

"우치무라 아저씨한테 악의가 없다는 건 너도 알지?"

"그래도 생판 남인데 우리한테 자꾸 왈가왈부하는 건 싫어."

"그렇긴 하지. 그래도 오늘은 많이 자제하는 것 같던데?"

"알 게 뭐야!"

우치무라 아저씨는 학창 시절에 육상 선수였다고 했다. 처음 훈련 모임에 참여하고 나서 집으로 돌아가는 길에 아저씨에게서 직접 들었다. 실력이 그다지 출중하지는 않았지만 초등학생 때부터 육상 선수가 되고 싶은 꿈을 계속 키워 왔다나. 하코네 마라톤 대회를 보고 감동을 크게 받은 뒤로 한 번도 꿈이 바뀌지 않았다고 했다.

그런데 집안 형편이 어려웠던 탓에 고등학교를 졸업하고 바로 취직을 했다. 그 후 악착같이 돈을 모아 스물한 살 때 대학에 진학했고, 곧바로 육상 동아리에서 꾸준히 훈련을 했다. 대학교 때 하코네 마라톤 대회에 출전할 기회가 두 번 있었지만 실력 탓인지 번번이 선출되지 못했다. 그 뒤에는 자연스럽게 달리기와 멀어졌는데, 우연히 블라인드 마라톤을 알게 되면서 다시 달리기를 시작했다는 것이다.

"마침내 찾은 거지. 내가 달리는 걸 누군가가 기뻐해 주니까 다시 뛰어야겠다고 생각하게 된 거야."

우치무라 아저씨는 싱긋 웃으며 이렇게 덧붙였다.

"아키는 멋지게 달릴 거야. 이래 봬도, 내가 사람 보는 눈 하나는 끝내주거든."

아키는 그 말이 몹시 거북하게 들렸다. 그래서 불쾌한 표정을 지으며 육상을 그만뒀다고 말했다. 우치무라 아저씨는 대뜸 나무라는 듯이 아키에게 물었다.

"왜 그만뒀어?"

"뭔 상관이에요? 내 맘이죠."

아키가 차갑게 쏘아붙이자 우치무라 아저씨는 입을 다물었다.

두 번째 훈련 모임에서도 우치무라 아저씨와 아키 사이에서 비슷한 대화가 오갔다. 그때는 사카노 아저씨가 나서서 우치무라 아저씨의 말을 막았다. 그 후로는 지난번처럼 직설적으로 묻지는 않지만 여전히 그 이유를 궁금해하는 눈치였다.

사쿠가 말했다.

"난 우치무라 아저씨 마음을 조금은 알 것도 같아."

"뭐?"

아키는 짜증스럽게 되물으며 걸음을 뚝 멈췄다.

"누군가에게 아무리 원해도 손에 넣을 수 없는 것이 있어. 그런데 그걸 가지고 있는 사람이 그냥 내버리면 화가 나지 않겠니?"

"다 아는 것처럼 말하지 마, 형도."

그때 누군가 어깨를 툭 치는 바람에 아키는 말을 멈추었다.

"왜 싸우고 그래? 이런 대로에서."

"아, 사카노 아저씨……."

사쿠가 말끝을 흐렸다. 아키는 감정을 끝내 숨기지 못하고 식
식거렸다.

"나, 그냥 집에 갈게. 저 사람이랑 얼굴 마주치면 또 분위기 험
악해질 것 같거든."

아키는 사카노 아저씨에게 고개 숙여 인사하고는 발길을 되돌
렸다.

"잠깐, 아키!"

"아키!"

사카노 아저씨와 사쿠가 동시에 불렀다. 하지만 아키는 뒤돌
아보지 않고 그대로 가 버렸다.

"싸운 거야? 우치무라 씨 때문인가?"

사카노 아저씨는 얼굴을 찡그리고 있는 사쿠를 보면서 한숨을
쉬었다.

"겉으로는요. 하지만 따지고 보면 저 때문이죠."

사쿠가 머리카락을 만지작거리자 사카노 아저씨가 어깨를 으
쓱했다.

"성질머리하고는. 뭐, 할 수 없지. 그러고 보니까 사쿠는 다른

사람하고 달려 본 적이 없겠군. 차라리 좋은 기회라고 생각해. 새로운 경험이 될 거야."

"그렇……겠군요."

"집에 갈 일은 걱정하지 말고. 우치무라 씨랑 길이 겹치는 데 까지 같이 가면 되니까. 환승역까지 가면 괜찮지?"

"죄송해요."

"괜찮아, 신경 쓰지 마. 우치무라 씨는 왜 그런 쓸데없는 소리를 해 가지고."

"그래도 아키한테 그런 말을 해 주는 사람이 있어서 다행이라는 생각이 들어요. 왜 그런 생각이 드는지는 잘 모르겠지만……."

"……그래, 그만 가지."

모임 장소인 중앙 광장에 도착하자 와자하게 떠드는 소리가 들려왔다. 사카노 아저씨와 함께 걸어가고 있으려니, 여기저기서 사람들이 아는 체를 했다.

"어서 와요."

"어, 동생은?"

"오늘은 사쿠 씨 혼자 왔어요?"

사쿠는 그 목소리들에 일일이 인사를 건네고 대답을 하면서 앞으로 나아갔다.

"앞에 턱이 있어."

"네."

사쿠는 흰 지팡이로 턱의 높이를 가늠하면서 광장 안으로 걸어 들어갔다. 비닐 돗자리가 깔려 있는 곳까지 가서 배낭을 내려놓았다. 이온 음료를 꺼내 목을 축인 다음 지팡이를 접어 배낭 옆에 놓았다. 가볍게 몸을 풀고 있을 때 사카노 아저씨가 누군가에게 인사를 건넸다.

"아, 오랜만입니다!"

"네, 반갑습니다."

우치무라 아저씨 목소리였다. 잠시 후 사쿠에게 물었다.

"이런, 동생은 돌아간 거야?"

"네."

"이거, 미안하게 됐는걸."

"아니에요, 동생이 돌아간 건 우치무라 아저씨 탓이 아니에요. 제가 녀석의 속을 긁어 놔서 그래요."

우치무라 아저씨는 두 손으로 얼굴을 쓱쓱 문지르고는 크게 숨을 내뱉었다.

"그래도 시작은 나 때문이었겠지. 쓸데없는 소리란 건 나도 알아. 그러지 말았어야 했는데. 후유, 나 같은 인간이 남에게 무슨 충고를 할 자격이 있다고……. 다 알면서도 그 녀석만 보면 괜히……."

사카노 아저씨가 끼어들었다.

"그래서 조심하라고 했잖아요. 그 나이 때는 남이 뭐라고 하면 할수록 자꾸 엇나가요. 우치무라 씨도 그런 적이 있을 텐데요?"

사카노 아저씨가 어깨를 으쓱하자 우치무라 아저씨는 끙, 하고 못마땅한 소리를 냈다.

"나는 그렇게 피곤하게 굴지 않았어요."

"그렇습니까? 뭐, 우치무라 씨가 고등학교 시절에 어땠는지, 그런 건 아무래도 상관없습니다……. 사쿠, 왜 그래?"

사카노 아저씨가 말하다 말고 사쿠를 보며 고개를 갸웃거렸다.

"아, 아니에요. 그냥 잠깐 멍하니 있었어요."

"그럼 다행이고. 이렇게 더운 날에는 열사병 걸리지 않게 조심해야 해."

"네."

사쿠는 고개를 끄덕이면서 작게 한숨을 내쉬었다.

생판 남인 우치무라 아저씨와 사카노 아저씨가 아키한테 이렇게 마음 써 주는 것이 고마우면서도 한편으로는 창피했다. 형은 위선자야. 문득 아키가 했던 말이 생각났다. 아키에게 그 말을 처음 들었을 때는 별로 동요하지 않았다. 어떻게든 아키를 달리게 하고 싶은 마음뿐이었으니까. 그런데 그것이 진짜로 아키를 위한 마음이었을까?

그때 등 뒤에서 확성기 소리가 울렸다.

"훈련 시작하겠습니다."

"우리도 가 볼까?"

사카노 아저씨가 사쿠의 등에 손을 얹었다. 사쿠는 사카노 아저씨의 왼팔을 잡았다.

사람들이 백여 명가량 모였다고 했다. 그 가운데 시각 장애인이 3분의 1이고, 나머지는 가이드 러너였다. 처음 이 모임에 나왔을 때는 가이드 러너의 수가 생각보다 많아서 깜짝 놀랐다. 그중 삼십 퍼센트는 초보자라고 했다.

그날 사카노 아저씨는 진짜 가이드 러너가 되기까지는 생각보다 많은 어려움이 따른다고 말했다.

"뭐, 쉽게 생각하고들 왔겠죠."

아키가 비아냥거리듯 내뱉는 말에 껄껄껄 소리 내어 웃으며 대꾸했다.

"그래도 블라인드 마라톤에 관심을 갖고 참가하려는 건 고마운 일이지. 서두르지 않는 게 좋아. 가이드 러너가 타성에 젖거나 억지로 하게 되면 그 피해는 고스란히 시각 장애인에게 돌아가거든."

사쿠는 오늘 처음 나온 스무 명가량의 참가자들이 자기소개하는 걸 다 듣고 나서 준비 운동을 하기 시작했다.

모임에 처음 나온 사람은 먼저 일정한 교육을 받아야 했다. 시각 장애에 대한 간단한 강의를 들은 뒤, 눈가리개와 특수 안경을 쓰고 보이지 않는 세계를 체험해야 했다. 그다음에는 가이드 러너의 역할과 주의 사항 등을 안내받았다.

"사쿠는 1킬로미터에 6분이었던가?"

1킬로미터에 6분은 훈련 모임에 참석하는 러너의 평균 기록이었다.

"아니요, 5분대예요."

"오, 열심히 하나 본데?"

"다 동생 덕분이죠. 여러모로 신경을 많이 써 주거든요."

그 말에 사카노 아저씨가 흐뭇한 미소를 지었다. 머리 위에서 매미들이 귀가 따가울 정도로 요란하게 울어 댔다.

"잠깐만 기다려 봐."

사카노 아저씨가 어디론가 걸어가더니 남자 한 명을 데리고 돌아왔다.

"오늘은 이 친구가 가이드를 맡을 거야. 나이도 비슷한 데다 아주 훌륭한 러너거든. 게다가 얼굴도 잘생겼고."

"마지막 말씀은 못 들은 걸로 하겠습니다."

그 남자는 딱 잘라 말한 뒤 사쿠에게 인사를 건넸다.

"잘 부탁합니다. 기쓰세라고 합니다."

"잘 부탁합니다. 사쿠입니다."

"자기소개는 그 정도로 해 두지."

사카노 아저씨가 짝! 하고 손뼉을 쳤다.

"그럼 갈까요?"

기쓰세는 사쿠 옆에 서서 오른팔을 내밀었다. 사쿠는 그 팔꿈치 언저리에 손을 얹고 러닝 코스로 걸어 나갔다. 막상 끈을 손으로 잡자 사쿠의 심장이 쿵쿵 뛰기 시작했다.

"처음에는 조금 가볍게 해도 되겠지요?"

"물론이죠."

다행이라는 듯 부드럽게 미소 짓는 기쓰세의 숨결이 느껴졌다.

"그럼, 출발하죠."

기쓰세는 이렇게 말하고는 한 박자 쉬고 나서 발을 앞으로 스윽 내딛었다. 탓, 탓, 탓. 발소리가 힘차게 울렸다.

"속도, 어때요?"

"괜찮아요."

"앞으로 한동안 나무 그늘이 이어집니다."

"네."

갑자기 햇살이 부드러워지면서 새소리가 들렸다.

"바로 앞에 걷는 사람이 두 명, 그 앞에 또 두 명이 있습니다. 오른쪽으로 앞질러 가죠."

기쓰세는 속도를 유지하면서 팔을 살짝 끌어당겨 부드럽게 오른쪽으로 꺾었다.

"지금 막 바깥쪽으로 앞질렀습니다. 이제 원위치로 돌아가겠습니다."

그러고는 끈을 안쪽으로 팽팽하게 당겼다. 그 순간 쏴아아, 하고 바람이 불었다. 눅눅하고 미지근한 바람이지만, 땀방울을 날려 주어서 그런지 기분이 상쾌했다. 요란한 매미 소리 사이로 이따금씩 까마귀 울음소리가 섞여들었다.

"까마귀가 많네요. 왼쪽 커다란 나뭇가지에 두 마리, 오른쪽에 한 마리, 광장 바닥에도 몇 마리 있습니다."

"이 부근은 나무가 많은 데다 거리에 먹을 것도 있으니까요."

"그러게요, 사람이 지내기에 쾌적한 곳은 까마귀에게도 역시 그렇겠죠?"

기쓰세의 진지한 말투가 오히려 재미있어서일까? 어깨에 잔뜩 들어가 있던 힘이 어느 샌가 스르르 빠졌다. 언뜻 잡담처럼 들리기도 하는 기쓰세의 말 한마디 한마디는 사실 앞이 보이지 않는 이에게는 매우 귀중한 정보였다. 까마귀가 있든 없든 달리는 데는 전혀 지장이 없었다. 하지만 이 코스를 달릴 때 몇 번인가 머리 위에서 푸드덕거리는 날갯짓 소리에 움찔 놀라곤 했다.

아키에게는 그런 것까지 말해 주기를 바란 적도, 부탁한 적도 없었다. 가이드 러너에게 그것까지 요구하기는 미안하기 때문이었다. 자신의 속도에 맞추어 달리면서 안전 문제까지 일일이 확인하여 알려 준다는 것은 상상 이상으로 피곤한 일일 테니까.

사쿠가 두 바퀴째에 들어서면서 속도를 높이자 갑자기 기쓰세가 말했다.

"사쿠 씨는 보폭이 넓은 편이군요."

"예?"

"도중에 주법이 바뀌어서요. 이게 본래 사쿠 씨의 주법인가 궁금하군요."

"주법이 바뀌었어요?"

"네, 방금 전까지는 지금보다 보폭이 좁았거든요."

기쓰세 말에 사쿠가 빙긋 웃었다.

"아무래도 긴장했나 봅니다. 그게 주법에서도 드러나는군요."

"그러게요. 아, 그럼 다행입니다."

"예?"

"나를 조금 신뢰해 주는 것 같아서요."

"미안합니다. 그동안 동생이 가이드를 해 줬거든요. 음, 기쓰세 씨는 가이드 러너 시작한 지 오래됐어요?"

"아뇨, 겨우 반년쯤 됐습니다. 그것도 일주일에 한 번 정도밖에 훈련을 못 하고 있어요."

생각보다 오래되지 않아서 의외였다. 러너의 속도에 맞춰서 달리는 건 물론이고 지시하는 내용이 몹시 정확했다. 기쓰세가 말해 주는 주변 상황을 듣고 있으면 어렴풋이나마 그 광경을 머릿속으로 그릴 수 있었다. 이렇게 대화를 계속하는데도 신기할 만큼 숨이 차지도 않았다. 베테랑 가이드 러너와 달려 본 적은 없지만 왠지 기쓰세는 초보 가이드 같지가 않았다.

"동생과 늘 함께 달리면 참 좋겠네요."

"내가 무리하게 부탁했어요."

"그렇군요. 지금, 뒤에서 학생 몇 명이 오고 있어요. 왼쪽으로 살짝 피하죠."

기쓰세가 지시하는 대로 왼쪽으로 조금 물러섰다. 거친 숨소리가 가까워지더니 열 명 정도의 발소리가 탓, 탓, 탓, 소리를 내며 앞질러 갔다.

"다섯 명 정도가 또 흩어져서 옵니다. 이대로 좀 더 갈게요."

"대학생들인가요?"

"아뇨, 고등학생입니다. 다테노가와 고등학교 육상부인가 봅니다."

"다테노가와?"

"아는 학교인가요?"

"예, 예, 뭐."

다테노가와 고등학교는 아키가 중학교 2학년 때부터 입학 제안을 받았던 곳이다. 그곳 지도 교사가 아키의 중학교로 여러 번 찾아와 공을 들였다고 했다.

"고교 마라톤 도쿄 예선전에서 꽤 높은 순위에 들었던 학교지요."

"자세히 알고 있네요?"

"고등학교 때 육상을 했거든요."

기쓰세가 부드럽게 숨을 내쉬었다. 그렇게 네 바퀴에 이어 다섯 바퀴를 돌았다. 마지막 바퀴에서는 아키하고 달릴 때와 비슷한 속도까지 올렸다.

이윽고 훈련이 끝났다. 기쓰세와 사쿠는 서로 인사를 나누었다.

"수고 많았습니다."

"정말로 고맙습니다."

사쿠는 기쓰세와 함께 배낭을 둔 곳으로 가서 페트병을 꺼낸 뒤 물을 꿀꺽꿀꺽 들이켰다. 단숨에 절반이나 마시고는 숨을 크게 내뱉었다. 잠시 후 사카노 아저씨가 다가왔다.

"수고했어. 둘이 호흡이 척척 맞던데?"

"기쓰세 씨가 잘 이끌어 주었어요."

사쿠는 이렇게 말하며 기쓰세 쪽으로 얼굴을 돌렸다.

"나는 사쿠 씨한테 맞췄을 뿐인걸요."

기쓰세는 고개를 절레절레 저었다.

"아, 왜 또 이렇게 겸손하게 나오고들 그래?"

사카노 아저씨가 놀리듯이 말하면서 들고 있는 페트병을 목에 갖다 댔다.

"지시가 얼마나 정확하던지, 달리면서도 주위 풍경이 머릿속에 훤히 그려지더라고요."

"아, 기쓰세 군은 직업상 그런 일이 익숙해서 그랬을 거야."

"직업이요?"

"이 친구, 인력거꾼이거든."

"인력거꾼?"

"네, 아사쿠사에서 인력거를 끌고 있습니다."

기쓰세가 온화한 목소리로 대답하자 사카노 아저씨가 고개를 끄덕이며 덧붙였다.

"관광객을 태우고 거리 안내를 하지. 그래서 주변 상황이나 경치를 잘 설명하는 거야. 의외로 아키랑 달릴 때보다 편하지 않던가?"

사카노 아저씨의 말에 사쿠는 선뜻 대답하지 못하고 우물쭈물했다.

"아, 미안, 미안. 아키의 가이드에 문제가 있다는 뜻은 아니고."

"그럼 무슨……."

"거리의 문제라고 한다면 이해할지 모르겠군."

"거리요?"

"끈도 그렇잖아? 너무 길면 보조를 맞추기가 어렵고, 너무 짧으면 팔다리가 서로 부딪치게 되지."

"형제 사이라서……, 너무 가깝다는 말씀인가요?"

"그럴 수도 있다는 거지. 다만 너하고 아키는 그 반대로 보이지만 말야."

"반대요?"

사카노 아저씨가 사쿠를 똑바로 응시했다.

"피붙이라고, 가족이라고, 형제라고 서로 다 안다고 생각하는 건 큰 오산이라고 봐. 한솥밥을 먹고, 한 지붕 아래서 살다 보면서로에 대해 다 안다고 착각들을 하지. 내가 무슨 말을 하는지 알지?"

"……."

"가족이란 참 이상해. 아버지는 아버지대로, 어머니는 어머니대로, 형은 형대로, 동생은 동생대로 각자 맡은 역할 같은 걸 자꾸 해내려고 하거든. 서로 기대에 어긋나지 않으려고 무의식적으로 연기를 한다고 해야 하나?"

사쿠는 얼굴이 굳어지는 것을 느끼고 입술을 손으로 슥슥 문질렀다.

"무슨 말씀인지 잘……."

목소리가 살짝 떨렸다.

"네가 아키를 파트너로 삼은 걸 반대하는 게 아니야. 형으로서가 아니라 다키모토 사쿠로서 아키와 마주하라는 거지. 이도 저도 아닌 채로 어정쩡하게 대하면 둘 다 괴롭기만 할 테니까."

아키는 가드레일에 걸터앉아 얼음이 다 녹아 물 같아진 콜라를 빨대로 쭈욱 빨아 마셨다. 욱해서 사쿠를 내버려 둔 채 발걸음을 돌렸지만, 막상 역에 다다르자 혼자 집으로 돌아가야 할 형이 걱정되어서 세 시간 가까이 시간을 죽이고 있었다. 찌는 듯한 더위뿐 아니라 묘하게 차오르는 죄책감과 끓어오르는 분노에 창피함까지 더해져서 숨을 쉬는 것조차 힘들 지경이었다.

"아키?"

누군가 부르는 소리에 얼굴을 번쩍 들었다. 뜻밖에도 후지사키가 서 있었다.

"여기서 뭐 해? 약속 있어?"

"아니, 그냥."

"아, 혹시 작업 걸려고?"

"난 그런 거 안 해."

아키가 발끈하며 되받아치자 후지사키가 쿡쿡 웃었다.

"너는?"

"육상부. 오전에 요요기 공원에서 훈련이 있었거든."

"그랬구나."

관심 없는 듯이 대꾸했지만 아키는 속으로 가슴이 철렁했다. 훈련 모임에 갔더라면 성가신 일이 생길 뻔했다. 후지사키는 물론이고 부장이랍시고 말을 걸던 녀석과 마주치는 건 상상만으로도 껄끄러웠다.

"가끔 훈련하러 여기로 와."

아키는 황급히 주위를 둘러보았다. 후지사키가 어깨를 으쓱했다.

"여기 다른 부원은 없어. 다 밥 먹으러 갔거든.

"너는 같이 안 간 거야?"

"응, 밖에서 먹으면 돈 들잖아. 우리 아빠 지금 실업자라서 쓸데없는 돈은 되도록 안 쓰려고."

아키는 후지사키를 가만히 바라보았다. 참 솔직한 애라는 생각이 들었다. 한편으로는 친한 사이도 아닌데 불쑥 자기 집안 얘기를 털어놓아서 어떻게 반응해야 할지 난감했다. 슬며시 시선을 피하면서 대충 얼버무리자 후지사키가 대뜸 옆에 앉았다.

"전에 함께 달리던 사람, 누구야?"

"어?"

"왜, 시바기타 공원 앞에서 만났잖아. 그때 넌 못 본 척하고 지나갔지만."

"우리 형이야."

"형? 아, 형이었구나!"

후지사키는 조금 놀란 얼굴이었다.

"그 후로도 몇 번 더 봤어. 너한테 무시당하는 게 기분 나빠서 못 본 척한 건 아냐. 내가 이래 보여도 웬만해선 기죽지 않는 성격이거든."

"응, 충분히 뻔뻔해 보여."

아키는 빈 컵에 꽂힌 빨대를 입에 물고서 나직이 내뱉었다. 후지사키는 재미있다는 듯이 소리 내어 웃고는 아키의 얼굴을 가만히 들여다보았다.

"왠지 방해하면 안 될 것 같아서 모른 척하고 지나갔던 거야. 참 예쁘기도 했고."

"예뻐?"

"그래, 예뻤어. 너랑 형, 둘이 달리는 모습이."

빠르다, 강하다, 유연하다, 안정적이다, 끈기 있다……. 러너에게 칭찬으로 건넬 만한 단어가 몇 가지 떠올랐다. 그런데 뭐? 예쁘다고? 아키는 단박에 미간을 찡그렸다.

"그 말, 칭찬이야?"

"당연히 칭찬이지. 그것도 엄청난 칭찬……."

후지사키의 커다란 눈망울이 더욱 커졌다.

"블라인드 마라톤이라고 하더라."

"그런 걸 다 아네?"

"물론이지. 패럴림픽에서도 봤고, 요요기 공원에도 훈련하는 사람이 더러 있거든. 오늘도 많던데?"

잠자코 고개를 끄덕이고 있자니, 이글이글 내리쬐는 햇볕과 도로에서 올라오는 차들의 열기로 입안이 바짝바짝 말랐다. 손을 입술에 대자 짭짜름한 맛이 났다.

"함께 달리는 사람을 뭐라고 하더라?"

"가이드 러너."

"맞아, 그거. 가이드하는 거 어렵니?"

"뭐, 달리고 싶은 대로 달릴 수 있는 게 아니니까. 어려운 건 아닌데 쉽지도 않아."

후지사키가 어리둥절한 표정을 지었다.

"그 블라인드 마라톤이라는 게, 둘이서 달리는 거지만 혼자서 달리는 것 같아야 하잖아?"

"뭐?"

"아, 어떻게 설명하지? 흐음, 복식 경기처럼 1+1=2가 되도록 힘을 합하는 것하고는 다른 듯하고……. 아, 맞다! 블라인드 마라톤은 1×1이야! 안 그래?"

후지사키는 뿌듯한 듯이 아키를 바라보았다.

사실 딱히 그런 식으로 생각해 본 적은 없었다. 가이드 러너는 러너의 눈을 대신하는 가이드이자 보조자이자 도우미다. 그래서 러너와 같은 속도로, 같은 바람을 느끼며, 같은 목표를 향해 달린다. 그저 단순한 보조가 아니긴 하다.

아키가 마주 보자 후지사키가 의아한 표정으로 물었다.

"왜 그런 눈으로 봐?"

"후지사키 너, 참 이상한 애다 싶어서."

후지사키는 짐짓 화난 표정을 짓더니 이내 호호호 웃었다.

"왜 갑자기 히죽히죽 웃고 그러냐? 기분 나쁘게."

"네가 웬일로 내 이름을 부르기에. 그건 그렇고, 야! 여자한테 기분 나쁘다고 하면 안 되는 거야."

'남자한텐 해도 되고?'라고 되받아치려다 그만두었다. 그리 말해 봤자 말로는 이길 성싶지가 않았다. 아키는 부채질하듯 티셔츠의 앞자락을 펄럭펄럭 흔들면서 교차로 쪽을 보았다. 지금쯤 연습이 끝났을 텐데…….

"다행이다."

난데없는 말에 아키가 다시 얼굴을 돌리자 후지사키는 발을 흔들거리면서 얼굴 가득 미소를 지었다.

"너, 달리는 거 싫어하지 않잖아."

아키의 낯빛이 흐려졌다.

"형의 가이드를 하려고 육상부에 안 들어온 거지? 그치?"

"……."

"너, 착하다."

순간, 아키는 가슴이 쿵 내려앉았다. 이런 무더위에 갑자기 목덜미가 서늘해졌다.

"괜한 참견인지 모르겠는데, 이참에 선배나 선생님하고 의논해 보는 건 어때? 형하고 훈련한다고 하면 육상부 일정을 조정해줄……."

아키는 발부리를 뚫어지게 노려보면서 날선 목소리로 후지사키의 말을 툭 잘랐다.

"그만해. 네가 뭘 안다고 그래?"

아키는 가드레일에서 일어선 뒤 곧장 등을 돌렸다.

"그래도 달리고 싶지 않아? 자유롭게 달려 보고 싶지 않냐고?"

"아니."

후지사키는 몹시 화가 난 듯한 아키를 보고는 몸을 움찔했다.

"그, 그래도 너 아직도 좋아하잖아, 달리는 거. 좋아하지 않는다면 그렇게……."

아키는 엷게 웃으며 후지사키를 물끄러미 바라보았다. 다들 똑같이 말한다. 좋아하지? 좋아하면 달려, 달려, 달려, 달려…….

……제발 그만 좀 해! 그래서, 그래서 그만둔 거라고. 달리는 것이 좋았으니까, 소중했으니까. 그래서 그만두었다. 다시는 선수로 달리지 않겠다, 트랙에 서지 않겠다, 나를 위해서는 달리지 않겠다고 다짐했다.

만약 달리는 것을 나에게 허락할 수 있다면, 그건 형이 다시 앞을 볼 수 있을 때뿐이다. 하지만…… 그건 있을 수 없는 일이다. 기적은 일어나지 않는다. 한번 잃은 것은 절대로 돌아오지 않는다. 아무리 간절히 바라도 절대 손에 넣을 수 없다.

길 건너편 건물의 유리창에서 반사된 햇빛이 따가워서 눈을 가늘게 떴다. 그때 어디에선가 아키를 부르는 소리가 들렸다. 소리가 나는 쪽으로 고개를 돌리자 짧은 반바지에 민소매 셔츠 차림의 외국인 아주머니 둘이 서 있었다. 그런데 그 뒤에서 누군가 손을 흔들었다. 자세히 보니, 사카노 아저씨였다. 그 옆에는 형이 있었다.

"훈련 끝날 때까지 기다린 건가?"

사카노 아저씨가 재미있다는 듯이 중얼거렸다. 그러다 아키 뒤에 서 있는 후지사키에게로 눈길을 돌렸다. 후지사키는 얼른 고개 숙여 인사를 했다.

"어, 데이트?"

사카노 아저씨가 장난스럽게 물었다.

"그런 거 아니……."

"아니에요!"

아키와 후지사키는 거의 동시에 대답했다. 사쿠는 픕, 하고 웃고는 갑자기 무슨 생각이 났는지 고개를 번쩍 들었다.

"혹시, 전에 시바기타 공원에서 아키한테 말 걸지 않았어요?"

후지사키는 놀란 듯이 입을 반쯤 벌린 채 고개를 끄덕였다.

"역시, 역시. 어디선가 들은 목소리다 싶었어요."

"후지사키라고 합니다. 아키랑 같은 반이에요."

"반가워요."

사쿠가 상냥하게 미소를 짓자 후지사키가 대뜸 아키를 바라보았다.

"왜 처다봐?"

"그냥. 형제인데도 참 다르다는 생각이 들어서. 형은 자상해 보이는 데다 머리도 좋은 것 같고."

"……무슨 뜻으로 하는 소리냐?"

아키의 불퉁한 말에 사쿠와 사카노 아저씨가 웃음을 터뜨렸다.

"앗, 그렇다고 아키 네가 머리 나빠 보인다거나 못돼 보인다는 뜻은 아니고."

말을 할수록 점점 더 꼬여만 갔다.

"그래도 난 네가 달리는 모습이 정말 좋더라."

그러다 후지사키의 이 한 마디에 아키의 낯빛이 확 바뀌었다.

"그만해. 무신경한 자식들이 제일 짜증나."

"아키!"

형이 말리는데도 아키는 말을 멈추지 않았다.

"뭐가 잘났다고 남의 일에 끼어들어 이래라저래라야?"

"아키, 말이 지나치군."

사카노 아저씨까지 나서자 후지사키는 입술을 깨문 채 시무룩한 얼굴로 고개를 저었다.

"제가 늘 이런다니까요. 기분 나쁘게 할 생각은 전혀 없는데, 가끔씩 이렇게 주제넘은 말을 하곤 해요. 그래서 부모님한테도 주의를 많이 들어요."

"방금 일은 너만 잘못한 거 아니잖아?"

사카노 아저씨 뒤에서 우치무라 아저씨가 얼굴을 내밀었다. 심기가 몹시 불편해 보였다.

"나나 너나 무신경했을지도 모르지. 하지만 그런 말이 나오게 한 이 녀석한테도 문제가 있는 거야."

"아저씨는 왜 또 여기 있어요?"

아키가 차갑게 쏘아붙이자 우치무라 아저씨가 눈을 가늘게 뜨며 대답했다.

"아, 사카노 씨가 사쿠를 데려다주라기에……."

"당연히 그래야죠. 따지고 보면 우치무라 씨가 원인을 제공한 셈이니까."

사카노 아저씨의 말에 우치무라 아저씨가 어깨를 으쓱했다.

"죄송해요."

사쿠가 싱긋 웃으며 후지사키 쪽으로 얼굴을 돌렸다.

"후지사키한테도 미안하네."

"아니에요."

"다음에 우리 보면 또 알은척해 줘."

"쓸데없는 말 하지 마."

아키가 심통 부리듯이 쏘아붙였다.

"알았어, 알았어. 이제 그만 가자고!"

사쿠는 이렇게 말하며 배시시 웃었다. 아키는 사쿠의 팔을 잡고 개찰구 쪽으로 걸음을 옮겼다.

그때 후지사키가 두 사람을 불러 세웠다.

"사쿠 오빠, 고맙습니다. 그리고 아키, 미안해."

후지사키는 고개 숙여 인사한 뒤, 아키와 사쿠를 앞질러 개찰구를 빠져나갔다.

사쿠는 지하철역에서 내리자마자 조금도 머뭇거림 없이 곧장 개찰구를 통과해 밖으로 나왔다.

"지하철 타는 거, 이제 많이 적응한 것 같네?"

아키의 말에 사쿠가 씨익 웃었다.

"그렇지? 한번 갔던 역은 이제 혼자서도 갈 수 있어. 큰 역을 이용하거나 환승하는 건 좀 더 연습해야 하지만."

아키는 사쿠가 탁, 탁, 소리를 내면서 짚고 가는 흰 지팡이 끝을 가만히 바라보았다. 그러다 어렵사리 입을 열었다.

"오늘은 진짜 미안. 내가 어른스럽지 못했어."

"괜찮아."

사쿠가 쿡 웃었다.

"왜?"

"아, 어른스럽지 못했다는 말이……."

"뭐?"

"너, 아직 어른 아니잖아. 어린애라고 하기도 그렇지만, 그렇다고 어른도 아니지. 역시 아직은 어린애야. 하긴 뭐, 나도 마찬가지지만."

"어느 쪽이든 상관없어. 참, 어땠어?"

아키는 기분 좋게 웃는 사쿠를 곁눈질하며 괜히 멋쩍어서 콧잔등을 긁었다.

"아, 훈련? 가이드해 준 사람이 그러는데, 내가 보폭이 넓은 편이래. 은근히 기분 좋더라."

"기분 좋았어?"

"그럼! 너랑 같이 훈련한 성과가 있다는 거잖아."

"응, 그건 그렇지."

아키는 살짝 들떠 있는 사쿠가 새삼스럽게 부러웠다.

"아무래도 처음에는 불안했지. 생판 모르는 사람하고 잘 달릴 수 있을까 싶어서."

아키는 고개를 끄덕이면서 사쿠의 왼팔을 잡고 오른쪽으로 살짝 밀었다.

"앞에서 자전거 와."

시각 장애인에게 흰 지팡이는 눈을 대신하는 도구인 동시에 자신이 시각 장애인임을 주위에 알리는 수단이다. 대부분의 사람들은 흰 지팡이를 짚은 사람을 보면 방해가 되지 않도록 조심한다. 하지만 자전거를 탄 어린이나 보행 보조기를 밀고 가는 노인들은 흰 지팡이를 미처 보지 못해서 부딪치거나 걸려 넘어지기도 한다.

알록달록한 헬멧을 쓴 아이가 자전거를 타고 아키 옆을 휙 지나갔다.

"고마워."

"그래서?"

아키가 재촉하자 사쿠가 말을 이었다.

"처음엔 긴장했는데 그런대로 즐겁더라. 생각보다 수월하게 달렸어. 아키, 왜 그랬을 거라고 생각해?"

"그걸 내가 어떻게 알아?"

"생각 좀 해 봐."

사쿠가 피식 웃으며 말하자 아키는 시큰둥하게 대꾸했다.

"그야, 뭐. 가이드 러너가 잘 이끌어 주었기 때문이겠지."

"그것도 맞아. 그런데 내 생각엔 처음 보는 낯선 사람이어서 그런 게 아니었을까 싶더라."

"무슨 소리야?"

"상대방에 대해 아는 게 전혀 없잖아. 공통점이라고는 지금 함께 달린다는 것뿐이지. 그래서 아주 단순하게 달릴 수 있었던 것 같아. 내가 하는 말, 이해돼?"

"전혀."

아키가 단호하게 대답하자 사쿠는 손으로 이마를 문질렀다.

"사카노 아저씨가 그러더라. 너하고 나는 서로를 아는 게 아니라 안다고 생각하는 거 아니냐고. 우리 사이는 어정쩡하다고."

찌이찌이, 새 한 마리가 산울타리에서 삐져나온 나뭇가지에 앉아 소리 높여 울었다.

"그 말을 듣는 순간, 뭔가 한 대 얻어맞은 기분이었어."

사쿠의 목소리는 매우 나긋나긋했다. 때마침 불어온 바람이 사쿠의 머리카락을 흩뜨리자 깊고 짙은 눈동자가 드러났다.

아키는 저도 모르게 눈길을 돌려 버렸다.

아키는 러닝화를 신은 뒤 왼발 뒤꿈치를 가볍게 바닥에 탁 쳤
다. 그러고는 발부리에서부터 차근차근 끈을 조여서 야무지게
묶었다. 오른쪽도 똑같은 순서로 묶었을 즈음에 사쿠가 현관으
로 나왔다.

　"왜 이렇게 늦어?"

　아키가 일어나면서 핀잔을 주자 사쿠는 그저 어깨를 으쓱했다.

　"네가 빨리 나온 거지. 평소보다 방학 때 더 일찍 일어나는 애
가 어딨냐? 너도 참 특이해."

　"……체력이 남아돌거든."

　사쿠는 일부러 헉! 소리를 내뱉은 뒤 신발장 문을 열었다. 러

닝화를 신고는 아키와 같은 순서로 끈을 조였다. 아키는 팔짱을 끼고서 그 모습을 가만히 지켜보았다.

"나갈까?"

현관문을 열자 파란 하늘이 눈에 들어왔다. 어느새 날이 환히 밝아 있었다. 매미 한 마리가 매앰 하고 울자 그에 호응이라도 하듯 여기저기서 울어 대기 시작했다.

"오늘도 무지 덥겠는데."

사쿠가 하늘을 올려다보며 말했다. 사쿠의 하얗던 피부가 볕에 그을려 더 건강해 보였다. 체력도 몇 개월 전과는 비교할 수 없을 만큼 좋아졌다. 그건 기록에서도 고스란히 드러났다. 한 달 전까지는 10킬로미터를 달리는 데 50분이 걸렸지만, 8월로 접어들면서부터 49분을 기록했다. 그다음 주에는 46분으로 줄어들더니, 요즘은 45분이면 거뜬할 정도였다.

평소처럼 상반신, 허리, 다리 순으로 몸을 가볍게 풀고 뛰기 시작했다. 가이드를 처음 시작할 때만 해도 아키는 사쿠의 발을 곁눈질하며 보조를 맞추었지만, 이제는 그러지 않고도 형의 발이나 팔의 움직임을 고스란히 느낄 수 있었다.

일단 공원까지 가볍게 달렸다. 공원에 도착하면 잠시 숨을 돌리고 나서 조깅 코스에서 훈련을 시작했다. 여름이 가기 전에 충분히 훈련을 해 둘 생각이어서 아침과 저녁에 각 10킬로미터씩 뛰기로 했다. 일주일에 두 번은 빌드 업을 포함한 훈련 프로그램을 짜 두었다.

"처음엔 5분으로?"

"오케이."

아키는 끈을 잡은 왼손에 찬 손목시계의 단추를 오른손으로 눌렀다. 보폭은 유지하면서 속도를 조금 올렸다. 1킬로미터에 5분은 지금 사쿠에게 매우 적당한 속도였다. 이젠 숨이 차는 기색이 거의 없었다. 두 바퀴째는 4분 55초로 속도를 높였다. 세 바퀴째부터 다섯 바퀴까지는 4분 50초, 여섯 바퀴와 일곱 바퀴째는 4분 45초, 여덟 바퀴와 아홉 바퀴째는 4분 40초, 열 바퀴째에는 4분 35초까지 속도를 올렸다.

"마지막 바퀴!"

사쿠의 팔놀림이 조금 커졌다. 아키는 사쿠의 변화를 놓치지 않았다. 턱이 조금 들린 데다 호흡이 가빠진 걸로 보아 꽤 힘이 드는 모양이었다. 하지만 발소리는 흐트러짐이 없었다.

"마지막 50……. 오케이!"

아키는 걸음을 늦추고 몸에서 힘을 뺐다. 사쿠는 한참 동안 숨을 헐떡였다.

잠시 후 광장으로 걸어가고 있을 때 누군가가 부르는 소리가 났다.

"사쿠?"

사쿠는 그 목소리가 왠지 귀에 익어서 걸음을 멈추었다.

"사쿠 맞네! 나, 기억 안 나?"

카메라를 어깨에 맨 청년이 다가오더니 반가운 듯이 사쿠에게 알은척을 했다.

"누구세요?"

아키가 끼어들자 청년이 어깨를 으쓱하며 자기 이름을 댔다.

"고2 때 같은 반이었던 오자와야."

"오자와……, 아, 사진부 오자와!"

뜻밖의 만남에 놀랐는지 사쿠의 눈동자가 슬며시 흔들렸다.

"그래, 맞아! 와, 이런 데서 만날 줄이야. 건강해 보이는데?"

"응, 건강해."

사쿠의 대답에 오자와가 고개를 끄덕였다.

"다친 데가……눈이었구나. 선생님들도 아무 말을 안 해 주고, 신문에도 자세히 나오지 않아서…… 사실은 몰랐어. 갑자기 학교 그만뒀다고 해서 다들 걱정했는데."

"……미안하다."

"아냐, 네가 걱정해 달라고 한 것도 아닌데. 그건 그렇고, 대단하다. 넌 달리는 거랑은 거리가 멀었잖아. 그래서 처음엔 사람을 잘못 봤나 싶었는데……. 역시 너였어."

사쿠가 씁쓸히 웃었다.

"으응, 너는 지금 뭐 해?"

"학교 다니지. 대학에서도 사진 동아리에서 활동해. 오늘도 동아리 모임이 있어서 나왔어. 아, 미안! 늦었다. 여유 있을 때 한 번 보자."

오자와는 사쿠의 어깨를 툭 치고는 저쪽으로 뛰어갔다.

"저 사람, 뭐야?"

사쿠는 괜스레 투덜거리는 아키를 향해 후후, 하고 웃었다.

'오자와의 말투는 고등학교 때와 달라진 게 없군.'

사고가 난 뒤, 모두들 사쿠를 엄청 조심스럽게 대했다. 어쩔 수 없는 일이란 걸 알면서도 예전과는 같아질 수 없다는 생각에 씁쓸한 기분이 들었다. 중·고등학교 친구들에게서 셀 수 없이 많은 문자를 받았다. 하지만 그 누구에게도 답을 하지 않았다. 남에게 신경 쓸 여유도 없었지만 누군가 마음을 써 주는 것도 싫었다. 그때는 이렇게 아무렇지도 않은 듯이 이야기할 수 있는 날이 올 줄 몰랐다.

"고등학교 때 친구야."

"아, 그래?"

아키는 턱을 스윽 치켜들며 사쿠를 광장으로 이끌었다.

"내일은 아라카와에 갈까?"

"아라카와?"

"아라카와 둔치에 러닝 트랙이 있어. 거기는 1킬로미터마다 표시가 돼 있어서 속도를 조절하기가 편해. 가끔은 장거리를 달려 보는 것도 좋을 듯한데, 어때?"

"나는 좋아."

"그럼 결정한 거다?"

다음 날 아침, 사쿠와 아키는 6시가 되기 전에 집을 나섰다. 지하철을 탄 뒤 우키마후나도역에서 내렸다. 선로를 끼고 고가 다리 밑을 지나 한참을 더 걸어가자 저만치에 둔치가 보였다.

강에서 불어오는 바람이 제법 차가웠다. 강둑 아래 러닝 코스에서 조깅하는 사람이 드문드문 보였다. 자전거를 탄 사람도 더러 있었다. 사쿠는 기지개를 켜면서 얼굴을 들었다.

"넓다."

"응?"

아키는 형을 흘끗 보았다.

"소리가, 달라. 고층 아파트나 높은 빌딩이 있는 곳에서는 소리가 반사되어 들리거든. 여기는 소리가 아주 넓게 느껴져."

"그런 걸 느낄 수도 있구나."

"대단하지?"

사쿠가 큰 소리로 웃었다.

아키는 강둑 아래로 내려가 천천히 몸을 풀면서 길의 너비를 비롯해 주변 상황을 사쿠에게 자세히 말해 주었다.

"여긴 달리기 좋은 곳이야. 코스가 직선으로 쭉 이어지는 데다 아직 햇볕이 강하게 내리쬐지 않으니까. 이 시간대에는 기분 좋게 달릴 수 있을 거야. 난 여기서 달리면 기록이 꽤 잘 나왔어."

순간, 사쿠 얼굴에 미소가 떠올랐다. 그걸 보고 아키가 물었다.

"왜?"

"처음이어서, 네가 이토록 신이 나서 자기 이야기를 하는 거. 얼마나 좋아? 안 그래?"

사쿠가 동의를 구하는 듯이 다정하게 바라보았다. 하지만 아키는 짐짓 무뚝뚝하게 대꾸했다.

"형이 생각하는 그런 거 아니거든. 그냥 여기가 달리기 쉽다는 거지. 아무래도 속도를 내기는 쉬우니까 한번 경험해 보는 것도 좋겠다 싶었던 거라고."

아키는 자신의 말이 구차한 변명처럼 들릴 거라는 걸 알고 있었다. 설령 그렇다고 해도 자신의 속내를 솔직하게 털어놓을 수는 없었다.

"그랬구나."

"당연하지."

아키는 시선을 떨군 채 나직이 웅얼거렸다.

강둑이 아침 햇살을 받아 초록색으로 빛났다. 유채꽃처럼 생긴 노란 꽃 주위로 나비들이 팔랑팔랑 날아다녔다. 곧게 뻗은 러닝 코스에 발소리가 경쾌하게 울려 퍼졌다. 러닝 코스는 한산했다. 그 덕분에 아키와 사쿠는 달리는 데 더 집중할 수 있었다.

둔치 방향으로 8킬로미터를 달린 다음 되돌아서 육상 경기장

쪽으로 향했다. 13킬로미터를 통과한 지점에서 기록을 확인해 보니 1킬로미터에 5분 30초였다. 오늘은 20킬로미터를 달리기로 한 터여서 평소보다 낮은 속도로 달렸는데, 이상하게도 아까부터 발바닥이 근질근질했다. 옆에서 달리는 사쿠를 돌아다보니 표정도, 호흡도 전혀 흐트러짐이 없었다.

"속도 좀 올릴까?"

사쿠가 고개를 끄덕였다. 아키는 속도를 한 단계 올렸다.

슥, 몸이 리듬을 탄다.

귓가를 스치는 바람이 작게 윙윙거린다.

발이 땅바닥에 착지한다. 다시 차올린다.

몸이 떠밀리듯 쭉쭉 앞으로 나아간다.

마치 공중을 나는 것 같다.

가볍다. 행복하다. 기분 좋다.

바람 소리가 점점 커진다.

좀 더, 더 더 더······.

"아키!"

앗, 사쿠가 균형을 잃었다. 누구 입에서 새어 나왔는지 알 수 없었다. 곧이어 악! 소리와 함께 사쿠가 바닥으로 넘어져 버렸다.

아키의 심장이 쾅쾅쾅 심하게 요동쳤다.

"형!"

사쿠는 아스팔트에서 몸을 일으키려다 그대로 바닥에 엉덩방

아를 찧었다.

"괜찮아, 괜찮아."

"미안해! 안 다쳤어? 어디 좀 봐."

아키는 바닥에 무릎을 꿇고 사쿠의 발을 만지려고 손을 뻗었다. 순간, 아키는 아직도 끈을 쥐고 있다는 걸 알아차렸다. 사쿠는 넘어질 때 반사적으로 끈을 놓았다. 만약 계속 끈을 잡고 있었다면 둘 다 넘어졌을 것이다.

"아키, 넌?"

"아무렇지도 않아. 미안해."

"난 괜찮다니까. 그냥 좀 넘어진 거야."

"무릎, 피, 나와."

"좀 까졌겠지. 괜히 호들갑 떨지 마."

사쿠는 일어서서 발목을 이리저리 돌려 보았다.

"응, 문제없어. 접질리지도 않았고."

사쿠는 한사코 괜찮다고 했지만 아키는 오늘 훈련을 여기서 멈추기로 했다. 가벼운 타박상처럼 보여도 나중에 통증이 올 수도 있으니까 좀 더 지켜보자면서 사쿠를 겨우겨우 설득했다. 솔직히 말하면, 더 이상 형을 이끌어 줄 자신이 없었다.

강둑으로 올라가는 계단 아래에서 땀에 젖은 셔츠를 갈아입었다. 무릎에 난 상처를 생수로 씻어 낸 다음 조심스럽게 연고를 발랐다.

"고마워."

사쿠는 배낭에 넣어 둔 흰 지팡이를 꺼내 펼쳐 들고 가볍게 제자리걸음을 했다. 아키는 그제야 안도하며 휴우, 하고 숨을 내뱉었다.

"큰 밴드를 사서 붙여야겠어. 역 앞에 약국이 있었던 거 같은데."

"안 붙여도 돼. 이제 피도 안 나잖아. 그나저나 구급약까지 가지고 다녀?"

"이 정도는 기본으로 챙겨야지."

"그렇구나."

사쿠가 감탄한 듯이 고개를 끄덕였다. 아키는 가자는 뜻으로 사쿠에게 팔을 내밀었다. 둑 위로 올라가자 바람이 발목을 간질였다. 사쿠는 하늘을 향해 얼굴을 들고 크게 심호흡을 했다.

"여기서 좀 더 달려 보고 싶었는데."

아키는 아무 말도 하지 못했다.

신주쿠역에서 내려 중앙선 플랫폼에 도착했다. 아키가 걸음을 멈추며 말했다.

"여기서 찢어지자."

여기서부터는 사쿠 혼자서 집에 갈 수 있을 터였다.

"어디 가게?"

"응, 친구 만나러."

"별일이네. 친구를 다 만나고. 이따가 셋이서 밥 먹으려고 했더니……."

아키는 말끝을 흐리는 사쿠를 보며 피식 웃었다.

"셋이서? 아즈사 누나랑?"

"응."

"그럼 난 더더욱 못 가지."

"왜?"

사쿠가 놀란 듯이 묻자 아키는 눈썹을 치켜 올렸다.

"방해되잖아."

"방해는 무슨……. 전혀 아니야."

"무슨 소리야? 내가 아즈사 누나라도 남자 친구가 동생을 데려오면 분위기 확 깰 것 같은데."

"어, 그래? 안 그럴 거 같은데."

"어쨌든 나, 오늘은 진짜 약속 있어."

"응, 할 수 없지."

사쿠는 체념한 듯 고개를 끄덕였다. 그때 플랫폼으로 전동차가 미끄러져 들어왔다.

"왔어. 이따 봐."

전동차에서 사람들이 와르르 쏟아져 내렸다. 아키는 사쿠의 팔을 가볍게 잡아당겨 사람들을 피하게 했다가 천천히 놓았다.

이윽고 사쿠가 전동차에 올라탔다. 아키는 문이 닫히는 것을 확인하고 나서 휴대폰을 꺼냈다.

한참 뒤, 아키는 햄버거 가게 2층에서 멍하니 밖을 내다보고 있었다. 6시가 넘었는데도 아직 대낮처럼 밝았다. 하지만 거리에는 벌써 술집이랑 노래방 전단지를 돌리는 호객꾼들이 제법 많았다.

그때 누군가 어깨를 두드렸다. 와이셔츠 차림의 사카노 아저씨였다.

"많이 기다렸지?"

"아뇨, 괜찮습니다."

사카노 아저씨가 앉으려다 멈칫하며 말했다.

"마실 것 사올게."

사카노 아저씨를 불러낸 건 아키였다. 오전에 사쿠를 집에 보낸 뒤, 사카노 아저씨에게 전화를 걸어서 오늘 시간을 내줄 수 있느냐고 물었다. 오후 6시는 넘어야 시간이 난다고 해서 한나절 정도 혼자서 시간을 때운 참이었다.

잠시 후 사카노 아저씨가 쟁반에다 음료 두 잔을 받쳐 들고 다가왔다.

"아이스커피 괜찮지?"

아키 앞에 플라스틱 컵을 내려놓으며 물었다.

"아, 죄송해요. 커피 값 드릴게요."

아키가 배낭에 손을 넣자 사카노 아저씨가 웃으며 손을 내저었다.

"괜찮아, 이 정도는……. 그런데 무슨 일이지?"

아키는 사카노 아저씨가 빨대를 입에 무는 것을 보면서 조심스럽게 입을 열었다.

"대신할 사람을 찾아 주셨으면 좋겠어요. 가이드 러너요."

"이유를 물어봐도 될까?"

"그건 좀……."

아키는 머뭇거리다 말문을 닫았다. 그걸 보고 사카노 아저씨가 씁쓸히 웃었다.

"나한테 이유 없이 이런 말을 꺼내지는 않았겠지. 말하기가 싫은 거야?"

"네, 말하기가 싫습니다."

사카노 아저씨는 아키의 대답을 듣고 쿡, 하고 웃었다. 아키는 순간적으로 발끈해서 얼굴을 번쩍 들었다. 그 바람에 사카노 아저씨와 눈이 마주쳤다. 시선을 피하면 안 된다는 걸 알면서도 눈빛이 자꾸 흔들렸다.

"세상을 살다 보면 말하기 싫어도 해야 할 때가 있지. 나 만나는 거, 사쿠는 모르지?"

아키가 고개를 끄덕이자 사카노 아저씨는 한숨을 푹 내쉬었다.

"아마 받아들이지 않을걸."

"압니다."

"그걸 알면서도 그만두겠다고 지금 나를 찾아온 거야?"

"네."

"왜 그러는지 이유를 알아야지. 그렇지 않으면 나도 뭐라고 대답해 줄 수가 없어. 애초에 사쿠가 먼저 부탁한 일인 데다 가이드 러너를 찾는 게 그리 쉬운 일도 아니어서."

아키도 알고 있었다. 자신이 이기적인 요구를 한다는 것도, 사카노 아저씨에게 민폐를 끼치는 일이라는 것도. 하지만 달리 방법이 떠오르지 않았다.

아키는 주머니 안에 든 끈을 손으로 꽉 쥐었다.

"……무서워요."

"무서워? 달리는 게?"

"아뇨."

사카노 아저씨는 걱정스러운 표정으로 아키의 얼굴을 살폈다.

"오늘, 연습하다가 형을 넘어뜨렸거든요."

"사쿠는 안 다쳤고?"

"무릎에 타박상을 입었어요."

사카노 아저씨는 아키의 대답을 들으며 고개를 끄덕였다.

"아, 사쿠가 무서워할 거라는 얘긴가? 아무래도 달리다 넘어지면 공포심이 일게 마련이지. 하지만 그런 경험도 결국에는……."

아키는 고개를 저었다.

"그건 아닐 거예요. 형은 넘어지고 나서도 곧바로 일어나서 달리자고 했거든요. 나 자신이 무서워요. ……더는 형을 다치게 하고 싶지 않습니다."

"더는? 그게 무슨 말이지?"

"형이 나 때문에 눈을 다쳤거든요."

사카노 아저씨는 눈을 껌뻑이며 몸을 앞으로 내밀었다.

"버스 사고였잖아?"

"그 버스에 탄 게 나 때문이니까요."

사카노 아저씨는 안도한 듯이 숨을 내쉬었다.

"그건 네 탓이 아니야. 그 사고에 대해서는 나도 알아. 같은 버스에 탔지만 가벼운 상처만 입은 사람도 있었고, 목숨을 잃은 사람도 있었지."

"하지만 그날 버스를 타지 않았다면 사고를 당하지 않았을 거예요."

아키가 그날 일에 대해 입 밖으로 꺼낸 것은 이번이 처음이었다. 그동안 수없이 같은 생각을 하면서 후회하고 또 뉘우쳤다. 그러면서도 번번이 변명거리를 찾아 스스로를 합리화하려 애썼다. 아키는 그런 자신이 너무나 혐오스러웠다.

자신이 일으키는 문제에 두 번 다시 사쿠를 끌어들이고 싶지 않았다. 형을 더는 상처 입히지 않겠다고 그동안 숱하게 다짐하고 맹세했다. 그런데 오늘 또…….

가이드 러너를 시작한 것은 순전히 사쿠를 위해서였다. 형이 부탁했으니까, 형이 원했으니까, 형이 바랐으니까. 하지만 자기도 모르는 사이에 달리는 것을 즐기고 있었다. 그런 자신을 끝끝내 부정하면서 억눌러 왔다. 그건 용납할 수 없는 일이었기 때문이다. 그런데 아까 달리는 것에 몰입한 나머지, 그만 즐거움에 빠지고 말았다.

그때 난 이미 가이드 러너가 아니었어…….

"사쿠는 자기 눈이 그렇게 된 게 네 탓이라고 생각하지 않던데?"

"그건 알아요. 형은 원래 강하니까요."

사쿠가 그런 사람이 아니란 것쯤은 아키도 알고 있었다.

"정말 그럴까?"

그 말에 아키는 움찔 놀라서 사카노 아저씨를 멍하니 쳐다보았다.

"사쿠는 썩 강해 보이지 않던데?"

"그렇지 않……."

"약하니까 더욱 강해지려고 애쓰는 게 아닐까?"

사카노 아저씨는 컵 표면에 맺힌 물방울을 손가락으로 쓱 훑으면서 의자에 몸을 깊숙이 기댔다.

"사쿠는 맹학교에 처음 들어갔을 때 아무하고도 어울리지 않았어. 학교에서도, 기숙사에서도. 그 누구에게도 말을 붙이지 않았지. 기숙사에서는 4인실을 썼는데, 늘 방구석에서 무릎을 두 팔로 끌어안은 채 얼굴을 묻고 있었어. 은둔형 외톨이라고 해야 하나? 그래 보였거든."

아키의 눈이 둥그렇게 커졌다. 그럴 리 없었다. 형은 실명했다는 사실을 알았을 때 그 누구보다도 냉정했다. 비탄에 잠겨 끝없이 울부짖는 엄마와 검사 결과를 믿지 못하고 다른 병원을 찾아다니던 아빠를 오히려 위로했다. 그러고선 현실을 순순히 받아들이고 맹학교에 가겠다고 먼저 말을 꺼냈다.

"사쿠 말야, 맹학교에 들어간 뒤로 올 봄까지 집에 한 번도 안 왔지?"

아키는 천천히 고개를 끄덕였다.

"집에서 다니기 어렵거나 해서 기숙사를 이용하는 학생들은 제법 있어. 하지만 규정상 주말에는 집으로 돌아가야 하지."

그건 몰랐다. 엄마뿐 아니라 그 누구도 그 말을 해 주지는 않았다.

"그럼 형은……."

"주말이나 방학이 되면 할아버지의 지인이 주지로 있다는 절에서 지냈다고 들었어."

"절이요?"

"자세히는 모르지만, 그 절은 이런저런 사정이 있는 사람들을 받아 주는 모양이야. 사쿠가 집에 가고 싶어 하지 않아서, 부모님이 그 절을 알아봐 주신 모양이던데."

"왜……?"

아키는 그렇게까지 하면서 굳이 집에 오지 않으려고 했던 형을 도저히 이해할 수가 없었다.

"그 점이 사쿠의 나약함이지. 달리 보면, 강함이기도 하고. 늘 보던 세상을 갑자기 보지 못하게 되는 건 엄청난 공포일 거야. 눈이 보이는 내가 그런 두려움을 다 이해하기는 어렵겠지만."

아키는 말없이 고개를 끄덕였다. 제아무리 팔다리를 자유롭게 움직일 수 있다 해도, 눈이 보이지 않는다는 것 하나만으로 세상은 더 이상 당연하고 자연스러운 공간이 아닐 터였다. 혼자 힘으로 옷을 골라 입는 것도, 외출을 하는 것도, 자판기에서 음료를 뽑는 것도……. 그러니까 그 어느 것 하나 쉽지가 않을 테니까.

"자신의 그런 모습을 누구에게든 보이기 싫었을 거야. 가족이나 가까운 사람한테는 더 그랬겠지."

가족이 가슴 아파 할까 봐, 소중한 사람이 괴로워할까 봐, 자신을 딱하게 여길까 봐……. 형이라면 그렇게 생각했을지도 모른다. 아키는 입술을 꼭 깨물었다.

"그러던 사쿠가 여름 방학 이후로 달라졌어. 무슨 일이 있었는지는 아무도 몰랐지. 사쿠도 아무 말 하지 않았거든. 보행 훈련 같은 자립 활동에도 적극적으로 참여하고, 공부도 아주 열심히

했다더군. 나는 한 달에 두어 번밖에 안 갔지만, 9월에 사쿠를 보고는 깜짝 놀랐어. 목소리도 그때 처음 들었으니까."

아키는 숨을 얕게 내뱉었다.

"사람이 그렇게 바뀔 수도 있어요?"

"사람은 언제든 변할 수 있지."

"그럴까요?"

아키는 고개를 갸우뚱했다. 자신은 아무것도 바뀌지 않았다는 생각이 들어서였다.

"너도 달라졌어."

"네?"

그 모습을 보고 사카노 아저씨가 미소를 지었다.

"사람은 변해. 좋은 방향으로든, 나쁜 방향으로든. 하지만 변해 버리는 것과 변하려고 하는 것은 분명히 달라."

"변하려고 한다……?"

사카노 아저씨는 탁자에 팔꿈치를 짚고 팔짱을 끼었다.

"사쿠가 변하게 된 계기가 뭔지 아주 궁금해. 사쿠는 지금도 계속 변하려고 하는 것 같거든. 근데 아키, 넌 어때?"

하행선 지하철에 오르고 나서야 아키는 정작 자신이 부탁한 것에 대해서는 대답을 듣지 못했다는 사실을 깨달았다. 대체 무엇 때문에 한나절씩이나 기다렸나 싶어서 어이가 없었다. 그러면서도 한편으로는 꽤 의미 있는 시간이었다는 생각이 들기도 했다.

사카노 아저씨의 이야기 속 형은 몹시 낯설었다. 어릴 때부터 보아 온 온화하면서도 강한 형의 모습과는 딴판이었다. 그래서 당혹스러웠지만 왠지 마음이 놓이기도 했다.

지하철에서 내렸을 때는 사방이 완전히 깜깜해져 있었다.

8시네. 손목시계를 보고는 패밀리 레스토랑 옆에 있는 편의점으로 향했다. 딱히 배가 고프지는 않았지만 지금쯤이면 가족이 식사를 마쳤을 것 같아서였다. 모두 모여 있는 거실에 불쑥 들어가는 것은 상상만으로도 마음이 무거웠다.

편의점 안은 춥게 느껴질 정도로 에어컨을 세게 틀어 놓았다. 가게 안을 한 바퀴 돌다가 창가 잡지 코너에서 걸음을 멈췄다. 잡지 한 권을 집어 들고 팔랑팔랑 넘기고 있자니 누군가 뒤에서 어깨를 쿡 찔렀다.

뒤를 돌아보니 편의점 유니폼을 입은 후지사키였다. "구입 후 읽으시기 바랍니다."라고 써 붙인 종이를 가리키며 장난스럽게 웃었다.

아키는 잡지를 얼른 제자리에 내려놓았다. 후지사키는 아키가 방금 내려놓은 잡지의 표지를 빤히 보았다.

"취미가 소박하네?"

〈특집〉 사찰에서의 하룻밤! 사찰에서 묵어 보자!

특집 제목이 잡지 이름보다 더 크게 박혀 있었다.

"나, 이런 취미 없어. ……아르바이트하나 보네?"

"응. 여기, 시간 조절이 자유로운 편이거든. 육상부 활동비 정
도는 스스로 벌어야지. 고등학교 육상부는 원정 경기나 합숙 같
은 게 있어서 돈이 꽤 들잖아."

후지사키는 아키가 내려놓은 잡지를 도로 집어 들었다.

"아키, 절에서 묵어 본 적 있어?"

"방금 말했잖아, 나 절 같은 데 별로 안……."

"난 한 번도 못 가 봤어."

후지사키가 아키의 말허리를 뚝 잘랐다.

"절에서 합숙도 할 수 있는 것 같더라. 절도 살아남으려면 이
제 경영 전략이 필요하겠지. 아, 절에서 묵으면 담력 테스트도
하고. 와, 되게 신나겠다!"

고작 잡지 표지 하나에서 이렇게나 많은 이야깃거리를 찾아낸
다는 게 문득 신기하게 느껴졌다.

그때 자동문이 열리는 소리가 나자 후지사키는 반사적으로 인
사를 했다.

"어서 오세요!"

아키가 말했다.

"참, 저번에는 미안했어."

"아냐, 나도 말이 심했어."

후지사키가 고개를 흔들며 아키의 눈을 똑바로 보았다.

"그래도 난…… 네가 달리는 모습이 좋아."

"후지사키, 여기 좀!"

카운터 너머에서 중년 남자가 얼굴을 내밀고 후지사키를 불렀다. 후지사키는 대답을 하고서 재빨리 돌아섰다. 바로 그 순간, 아키가 후지사키를 불러 세웠다.

"후지사키!"

"응?"

후지사키가 고개를 돌려 뒤를 보았다.

"……고마워."

우물거리는 아키를 보는 후지사키의 눈이 다정하게 빛나고 있었다.

"아키, 어서 와."

아키가 현관문 손잡이를 잡으려는 순간, 안쪽에서 문이 열리더니 사쿠와 아즈사가 나왔다.

"아즈사 누나 왔구나?"

"응, 지금 바래다주려고. 참! 아키, 문자 읽었어?"

"문자?"

시각 장애인도 음성 인식 애플리케이션을 이용하면 문자 메시지를 비롯한 휴대폰의 여러 기능을 어느 정도는 사용할 수 있었다. 하지만 사쿠는 입력하는 데 시간이 오래 걸린다면서 문자보다는 통화를 더 즐겨 사용했다.

　"안 봤어. 형은 문자 안 보내잖아."

　"내가 아니라 사카노 아저씨가 보낸 거. 우리 둘한테 다 보낸 것 같던데."

　아키는 사카노 아저씨 이름을 듣고 자기도 모르게 몸을 움찔했다.

　"안 봤어."

　"그럼 얼른 확인해 봐. 나도 아직 답장 안 했어. 너랑 상의하고 대답해야 할 것 같아서. 그래도 나는 긍정적으로 생각해. 아키, 너도 진지하게 생각해 봐."

　가이드 러너 교체 건일까? 사쿠의 목소리는 왠지 들떠 있는 것 같았다.

　그러고 나서 한 시간쯤 지났을까? 창문 너머로 현관문 열리는 소리가 났다. 아키는 침대에 누운 채 눈을 꼭 감았다. 얼마 지나지 않아 사쿠의 목소리가 들려왔다.

　"에휴, 덥다. 에어컨을 켜면 좋을 텐데. 아키! 아까 그 얘기 말인데, 어떻게 생각해?"

　아키는 사쿠가 방 안으로 들어오는 기척을 느끼고 반대편으로 돌아누웠다.

"자는 척하지 마. 어린애처럼 왜 그래?"

가까이 다가오는 사쿠의 목소리에 웃음기가 배어 있었다. 다음 순간, "으앗!" 하는 비명과 함께 요란한 소리가 사방으로 울려 퍼졌다. 아키는 깜짝 놀라서 벌떡 일어났다. 사쿠가 앞으로 고꾸라진 채 손으로 수납함을 짚고 있었다. 그 옆에는 선풍기 코드가 콘센트에서 뽑힌 채 바닥에 널브러져 있었다.

"괜찮아?"

"아, 걸려 넘어졌어. 방 좀 치우라고 했잖아."

사쿠는 이렇게 한마디 던지고는 바닥에 책상다리를 하고 앉았다. 아키가 콘센트에 코드를 다시 꽂자 선풍기에서 미지근한 바람이 불었다.

"왜 자는 척하고 그래? 아까 같이 이야기하자고 했잖아."

"진짜 잤다고."

"거짓말!"

"거짓말 아니거든."

"너, 진짜로 잘 때는 아주 시끄럽게 이갈이를 해. 그런데 방금 전에는 숨소리도 안 났거든. 자는 척한 걸 누가 모를까 봐. 뭐, 됐고. 문자는 어떻게 생각해?"

아키는 입술을 꼭 깨물었다. 사실은 아직 읽어 보지 않았다. 아니, 볼 수가 없었다. 몇 시간 전, 사카노 아저씨에게 가이드 러너를 대신할 사람을 찾아 달라고 부탁할 때는 정말로 진심이었다. 가이드 러너로 적합하지 않다고 생각한 데다, 앞으로 계속할 자신도 없었다. 그런데 막상 형과 마주앉아 있다 보니 마음이 복잡해졌다.

아키는 침대에 앉은 채로 나직이 한숨을 내쉬었다.

"형이 하고 싶은 대로 해."

"진짜?"

아키는 고개를 끄덕였다.

"사카노 아저씨도 괜찮다 싶었으니까 형한테 권한 거겠지."

"그야 당연하지. 나한테 마침 잘됐다고 생각했을걸."

마침 잘되다니, 뭐가 잘됐다는 거야? 아키는 목을 타고 주르르 흐르는 땀을 손등으로 훔쳤다.

"그럼 나한테 의논할 필요도 없겠네."

"왜?"

"어차피 결정은 형이 하는 거잖아! 나랑은 상관없어."

사쿠는 아키를 보며 얼굴을 찡그렸다.

"상관없다고? 네가 그런 식으로 나오면 대회에 어떻게 나가?"

사쿠는 한숨을 내쉬었다.

"그건 이미……. 뭐, 대회라고?"

"12월에 있는 대회 말이야. 너, 지금 무슨 말을 하고 있어? 문자 안 읽은 거야? 흠, 안 읽었네."

사쿠는 문자를 빨리 읽으라는 듯이 턱을 치켜들었다.

　　12월에 진구가이엔 도전 페스티벌이라는 대회가 있는데, 장애인이든 비장애인이든 모두 참가할 수 있어. 종목은 10킬로미터와 5킬로미터. 10킬로미터는 제한 시간이 80분이야. 너희라면 10킬로미터에 참가해도 전혀 문제없을 거다. 진구 야구장에서 출발해 진구가이엔을 돌아오는 코스인데, 한번 나가 보는 게 어때?

　마라톤 대회의 개요와 참가를 권하는 말이 전부인 담백한 문자였다.
　"어떻게 생각해?"
　사쿠가 다그치듯 물었다. 아키는 가슴이 덜컥 내려앉았다.
　"10킬로미터 완주쯤은 어렵지 않지."
　"나도 그건 걱정 안 해. 완주는 할 수 있어. 난, 어차피 할 거라면 입상을 목표로 하려고."
　역시 형은 다키모토 사쿠였다.
　"해 볼 만해. 충분히 가능성이 있어. 근데 그러려면 가이드 러너를 바꾸는 게 좋을걸."
　사쿠가 몸을 움찔하더니 머리를 긁적였다.
　"어쩐지……. 음, 그런 말이 나올 거 같더라니."
　아키가 놀라 고개를 들자 사쿠는 손으로 입술을 문질렀다.

"오늘 넘어진 것 때문에 신경 많이 쓰이지?"

아키는 시선을 바닥으로 떨어뜨렸다.

"너는 속이 너무 뻔히 보여. 아니, 참 단순해."

"사람 면전에서 바보 만들지 말라고."

아키가 나직이 중얼거리자, 사쿠는 눈을 내리덮은 머리카락을 입으로 후 불었다.

"난 말야, 블라인드 마라톤을 시작할 때 너랑 한 팀이라고 생각했어. 가이드 러너는 파트너라고도 하잖아. 실제로 달려 보니까 나는 너한테 도움만 받더라. 그래서 파트너까지는 못 되겠다 싶었지."

"그럼 안 돼?"

"안 되는 건 아냐. 다만 그런 관계는 바람직하지 않다고 생각해. 사실 아까 넘어지기 직전에 내가 속도를 제대로 내지 못한다는 걸 느꼈어. 나 스스로도 내가 조급해한다는 걸 알았거든. 결국 따라가지 못해서 넘어지고 말았지. 그런데 신기하게도 무섭지가 않더라. 아주 짧은 순간이었지만 뭔가 낯선 세계에 발을 들여놓은 듯한 기분이 들지 뭐야."

아키는 고개를 절레절레 저었다.

"가이드가 러너의 속도에 맞춰야 해. 그 반대일 수는 없어."

"그거야 알지. 네 말이 맞아. 가이드 러너는 러너를 안내하는 길잡이 역할을 해야 하니까."

그렇다, 가이드 러너는 길잡이다. 아키는 주먹을 꽉 쥐었다. 러너의 눈이 되어 정확히 안내하면서 결승선까지 안전하게 인도해야 하는 것이다. 가이드 러너는 자신이 아닌 러너를 위해 달려야 한다. 나는 가이드 러너로서 형의 옆에서 달릴 자신도, 자격도 없다.

"아키, 넘어진 건 오늘이 처음이야. 매일같이 달리면서도 여태껏 한 번도 안 넘어졌잖아. 네가 늘 긴장을 풀지 않고 제대로 안내하기 위해 애쓴다는 거 알아."

"그래도 나 때문에 형이 다쳤어."

"잠깐만 기다려 봐."

사쿠는 숨을 크게 내쉬고는 방에서 잠깐 나갔다가 둘둘 말린 도화지를 가지고 돌아왔다.

"이거 좀 볼래?"

아키는 어리둥절한 표정으로 도화지를 받아 든 뒤 고무줄을 벗겨 둘둘 말린 종이를 펼쳤다. 도화지에는 환하게 웃는 남자아이의 얼굴이 그려져 있었다. 빈말로도 잘 그렸다고 하기 힘든 그림이었다. 그런데 자세히 보니 그림을 따라서 도드라진 작은 점이 붙어 있었다.

"그 그림, 손가락으로 점을 더듬어 보면 나한테도 잘 보여."

"이게 뭔데?"

"그 버스에 탔던 여자아이한테서 받은 거야."

사쿠와 함께 그 사고에 대해 이야기하는 건 처음이었다.

"그 아이, 버스 안에서도 그림을 그렸을 거야. 그러니까 크레파스를 떨어뜨렸겠지, 물빛 크레파스……. 그게 내 자리 쪽으로 굴러와서 손을 뻗었는데 닿지가 않는 거야. 그래서 안전띠를 풀고 통로로 나갔는데, 그때 그만 버스가 굴러 버렸어. 그다음은 기억나지 않지만 아마도 휙 날아가서 어딘가에 머리를 세게 부딪혔을 거야."

그 사고에서 크게 다치거나 목숨을 잃은 사람은 안전띠를 하지 않았다고 들었다. 하지만 형은 왜 안전띠를 하지 않았는지 말해 주지 않았다.

"운이 나빴던 거야."

사쿠는 책상에서 의자를 빼내어 앉았다.

"물론 내가 이렇게 된 건 그 애 탓이 아냐. 그걸 주우려고 한 건 나니까. 그 애가 주워 달라고 한 것도 아니고. 그런데 메구……. 아, 그 애 이름이야. 메구는 사고 충격으로 말을 못 하게 됐는데 사 개월 만에 겨우 목소리가 나왔대. 그제야 엄마한테 내 이야기를 한 거지."

사쿠는 담담하게 이야기를 이어 나갔다.

"메구 엄마랑 아빠는 나를 찾으려고 백방으로 수소문을 했겠지. 어디서 들었는지 내 상태를 알고는 작년 여름쯤엔가, 집에 편지를 보냈나 보더라. 나를 만나고 싶다고……. 엄마는 반대한 모양인데, 아빠가 나 있는 데를 가르쳐 줬대. 그때 내가 신세 지고 있던 절에 메구가 찾아와 이 그림을 주고 갔어. 메구가 엄마랑 같이 점자로 그린 그림이지. 그런데 정작 나는 그때 점자를 몰랐어."

사쿠는 후훗, 하고 웃음을 터뜨렸다.

"아, 정말이지 쥐구멍에라도 들어가고 싶더라. 메구는 겨우 초등학교 1학년이었어. 그 어린애가 날 위해서 열심히 그림을 그려서 가져왔는데, 나는 지금 뭐 하고 있는 건가 싶지 뭐야. 나를 찾아오기까지 얼마나 두려웠을까? 그 애 엄마도 고민이 많았을 거야. 어쨌든 결국엔 나를 찾아온 거잖아."

사쿠는 무릎에 팔꿈치를 올리고 두 손으로 깍지를 끼었다.

"그때 난 완전히 망가진 상태였어. 솔직히 말하면 맹학교에 간 것도 일종의 도피였거든. 한심하지?"

"아니."

아키는 입술을 깨물며 세차게 고개를 흔들었다.

"메구가 그려 준 그림에 뭐라고 쓰여 있는지 알 수가 있어야지. 차마 메구한테 물어볼 수는 없더라. 그 애는 엄마랑 점자까지 공부해 가면서 나한테 편지를 써 줬는데, 정작 나는 그걸 읽지 못하니까. 그래서 그걸 직접 읽어 보려고 점자 공부를 시작했지. 사고 후에 처음으로 뭔가가 하고 싶어진 거야."

아키는 그림을 뚫어져라 바라보았다. 사쿠인 듯한 남자아이의 얼굴 위에 삐뚤빼뚤한 글씨가 쓰여 있었다.

오빠에게

이제 안 아파요?

오빠의 눈이 잘 보이도록 기도할게요.

이 글자 위에도 작은 점들이 도드라져 있었다.

"만약 어딘가에서 메구를 만난다면 웃는 얼굴을 보여 주고 싶어. 당당하게 얼굴을 들고 웃으면서 정말 많은 것이 보인다고 말할 수 있으면 좋겠다."

"······그거랑 달리는 게 무슨 상관인데?"

사쿠는 후우, 하고 숨을 내쉬었다.

"보고 싶어. 나는 세상에 있는 모든 걸 보고 싶어. 할 수 없었던 일을 할 수 있게 되는 것도, 몰랐던 걸 알게 되는 것도, 모르는 세계를 깨닫게 되는 것도 내게는 모두 보는 거야. 본다는 건······, 눈에 비치는 것만 의미하는 게 아니거든. 나에게 달린다는 건 그런 거야. 아키, 넌 나에게 많은 걸 보여 주고 있어."

엄마와 단팥죽

12월의 공기는 몹시 싸늘했다. 사쿠는 지퍼를 목까지 올렸다. 11월 중순까지만 해도 달리다 보면 한낮에는 종종 땀이 났다. 하지만 12월에 접어들자 기온이 뚝 떨어져 버렸다.

날씨가 추워지면 근육이 수축해 쉽게 굳는다. 부상을 방지하기 위해 달리기 전에 상반신부터 발끝까지 오 분쯤 몸을 풀어 주어야 한다.

아키는 발목, 목, 어깨를 돌리는 것을 마지막으로 몸 풀기를 끝낸 뒤 이렇게 말했다.

"갈까?"

끈을 두 겹으로 해서 마주 잡았다. 아키가 신호를 보내자 달리기를 시작했다. 사쿠는 오른발, 아키는 왼발부터 내딛었다. 숨을 쉬듯, 심장이 박동하듯, 의식하지 않아도 발이 저절로 움직였다.

"20미터쯤 앞 오른쪽에 차가 있어. 왼쪽으로 붙을게."

사쿠는 아키의 목소리를 듣고서 작게 고개를 끄덕여 답했다. 끈의 움직임에 따라 안쪽으로 이동했다. 뺨 위로 내리쬐는 햇살을 느끼면서 발을 앞으로, 앞으로 내딛었다. 어느새 땀이 등에 촉촉이 배어났다.

"마지막 바퀴, 속도 올릴게."

아키의 목소리와 동시에 속도를 높였다. 귓가를 스치는 바람이 매서웠다. 평소보다 가볍게 3킬로미터를 뛴 다음, 스트레칭으로 마무리한 뒤 집으로 돌아갔다.

현관문에서부터 달달한 냄새가 풍겼다. 거실로 들어서자 엄마가 부엌에서 얼굴을 쏙 내밀었다.

"아침 준비 다 됐으니까 둘 다 얼른 손 씻고 와."

"단팥죽 냄새 나는데?"

사쿠가 묻자 엄마는 나무 주걱으로 냄비를 저으면서 말했다.

"맞아. 대회나 시합 전에 단팥죽 먹으면 좋잖아."

"아, 그러고 보니까 아키 중학교 때 엄마가 단팥죽 많이 쑤었잖아."

사쿠가 옛날 생각이 난다는 듯이 말하자 엄마가 가스 불을 줄이며 대꾸했다.

"쓰지이 선생님이 알려 주셨어. 떡은 천천히 흡수되기 때문에 몇 시간이 지나도 든든하대. 떡이 들어간 단팥죽은 당까지 보충해 주니까 기록 재는 날 아침 식사로 좋다고 하셨거든."

아키 얼굴에 놀란 기색이 어렸다. 이윽고 아키의 시선이 엄마의 시선과 허공에서 마주쳤다.

"아, 단팥죽 다 타겠네. 얼른 씻고 와."

엄마가 재촉하자 사쿠와 아키는 서둘러 화장실로 갔다.

"엄마한테 오늘 대회 나간다고 말한 거야?"

세면대에서 수도꼭지를 돌리는 사쿠에게 아키가 물었다.

"굳이 숨길 일도 아니잖아."

"하긴 그렇지. 아즈사 누나도 오지?"

"아마 못 올걸."

"왜?"

사쿠가 세수를 마치고 뒤로 비키자 아키가 거울 너머로 형을 바라다보았다.

"아빠가 싱가포르에서 오셨대. 오늘 낮 비행기로 가신다는데 배웅하러 가야지."

"왜 하필 오늘이야? 그래도 아즈사 누나라면 꼭 오지 않을까?"

"그렇잖아도 어제 통화하면서 무리하지 말라고 했어."

"흐음."

아키는 마뜩찮은 생각이 들어서 나직이 웅얼거렸다.

센다가야역에서 내리자 탓, 탓, 탓 하는 지팡이 소리가 수없이 울렸다.

"이게 다 대회에 참가하는 사람들인가?"

"아마도."

아키는 대답을 하면서 주위를 둘러보았다.

"둘이서 온 사람이 많아. 옆에 붙어 있는 사람이 운동복을 입고 있는 걸 보면 다들 가이드 러너인 것 같은데. 여기서 보니까 가이드 러너가 꽤 많네."

"그래도 아직 많이 부족하대. 심지어 대회에서도 처음 만나는 가이드 러너랑 달리는 사람도 있다던데? ……진심으로 너한테 고맙게 생각한다."

"뜬금없이 무슨 소리야, 징그럽게."

"징그럽다고?"

사쿠의 눈썹이 굼실거렸다.

"매일 함께 훈련해 주는 가이드 러너를 구하는 건 정말로 쉽지가 않아."

"그래서 나였겠지."

"어?"

"처음에 나를 설득하면서 그랬잖아. 가이드 러너는 나 아니어도 많지 않느냐고 했더니, 매일같이 뛰어 줄 녀석이 어디 있겠느냐고."

"내가 그랬던가?"

"헉!"

아키가 어이없다는 듯이 웃었다.

그때 그렇게 말하긴 했다. 이제 와서 생각하면 누가 들어도 자연스러운 이유라 둘러대기 적당하다고 여겼으니까. 하지만……, 사쿠는 몰래 한숨을 내쉬었다.

처음에는 훈련에 억지로 참여하는 기색이 역력하던 아키가 여름 즈음부터 차츰차츰 달라졌다. 마라톤 대회에 참가 신청서를 내고 나서 얼마 뒤였다. 아키는 후지사키에게 부탁해 육상부 선배와 지도 교사에게 훈련 매뉴얼에 대해 조언을 받았다. 휴일에는 요요기 공원에 가거나 실제 트랙에서 훈련하기 위해 경기장으로 가는 날이 늘었다. 아키가 그렇게 열의를 보이면 보일수록, 사쿠는 자기 안에 있는 작은 응어리가 꿈틀대는 것을 느꼈다.

"근데 나, 알고 있었어."

아키의 말에 사쿠는 흠칫했다.

"굳이 나를 끌어들인 이유가 그것 때문만은 아니라는 거 알아. 애초에 블라인드 마라톤을 시작한 것도 나를 위해서였지?"

사쿠는 입술을 꽉 깨물었다.

"내가 육상 관둔 거 알고서 다시 뛰게 하려고."

"아키, 나는……."

거기까지 말했을 때 아키가 손을 번쩍 들어 올렸다.

"사카노 아저씨, 안녕하세요?"

"안녕! 어? 사쿠 낯빛이 안 좋아 보이는데? 혹시 긴장한 거야?"

"아뇨."

사쿠가 어색하게 대답하자 옆에서 아키가 빙그레 웃었다.

"형은 이런 대회가 처음이라 그런가 봐요. 그래도 아침 훈련 때는 느낌이 좋았고, 별문제 없었습니다. 사카노 아저씨는 오늘 누구 가이드 러너로 오셨어요?"

사쿠의 긴장을 풀어 주려는 것인지, 아니면 단순히 흥분을 한 것인지 아키는 평소답지 않게 말이 많았다.

"나는 아키다 씨……."

"아키다 씨라면, 늘 분홍색 운동복을 입는 아줌마요?"

아키 말을 듣고 사카노 아저씨가 허허 웃으며 주의를 주었다.

"이거 말이 심한데. 본인 앞에서는 아줌마라고 하지 마."

대회 장소는 운동복과 롱 패딩을 입은 사람들로 북적였다. 사쿠와 아키는 매표소 너머에 늘어선 천막에서 접수를 마친 뒤 경기장 건물 안으로 들어갔다. 진행 요원이 탈의실과 화장실의 위치 등을 확성기로 안내했다. 사람들의 목소리와 걸음 소리가 건물 안에서 활기차게 울렸다.

"탈의실이 많이 붐비겠는데? 안에 운동복 입고 왔으니까 바로 관중석으로 가자."

아키는 사쿠에게 오른팔을 내밀었다.

"앞으로 두 계단, 이제 계단 끝."

계단 끝에 올라서자 관중석에서 바람이 세차게 불어왔다. 사쿠는 고개를 움츠렸고, 아키는 눈앞에 펼쳐지는 관중석을 멀거니 바라보았다.

"와, 넓다."

"응?"

"관중석 말야. 지금은 사람이 없어서 그런지 운동장에서보다 압박감이 더 느껴져."

사쿠는 이 말을 전에 누군가한테서 들은 듯해서 기억을 더듬었다. 그러다 피식 웃고 말았다. 바로 엄마였기 때문이다. 사쿠와 아키가 어렸을 때, 가족끼리 야구를 보러 간 적이 있었다. 그때 엄마가 야구장의 넓은 관중석이 신기했던지, 경기보다 관중석에 관심을 더 보이는 바람에 아빠가 무진장 속상해했던 일이 있었다. 어쩌면 아키는 생각보다 엄마를 많이 닮았는지도 몰라.

"왜 웃고 그래?"

아키가 핀잔하듯 말하자 사쿠는 슬며시 고개를 저었다.

"옛날 생각이 좀 나서."

어깨를 으쓱하며 주위를 둘러보던 아키의 귀에 유난히 큰 목소리가 들렸다.

"이봐. 여기야, 여기!"

"우치무라 아저씨다."

사쿠는 목소리가 나는 방향으로 몸을 틀어 손을 들어 올렸다. 반면에 아키는 형 모르게 한숨을 내쉬었다.

아키는 아직도 우치무라 아저씨가 달갑지 않았다. 우치무라 아저씨는 그걸 뻔히 알면서도 훈련 모임에서 만날 때마다 아키에게 잔소리를 늘어놓았다. 어느 고등학교 2학년 학생이 10,000미터를 28분대에 뛰었다느니, 고교 마라톤 대회에서는 어느 고교가 전국 대회 출전권을 얻었다느니 하면서 아키에게 들으라는 듯 떠벌리곤 했다.

"저 사람은 왜 여기서 알짱대는 거야?"

"우치무라 아저씨도 가이드 러너로 활동하잖아."

"저렇게 거칠고 덜렁대는 꼰대가 가이드 러너를 한다는 게 도무지 믿기지 않아."

"그래? 난 우치무라 아저씨가 꽤 섬세한 사람 같던데."

"말도 안 돼."

아키는 사쿠의 말을 되받아치고는 콧방귀를 뀌었다.

사카노 아저씨와 아키다 아줌마 팀, 우치무라 아저씨와 곤도 아저씨 팀 외에 연습 때 만난 세 팀이 더 참가했다. 장애인 참가자는 가슴에는 번호가, 등에는 '시각 장애'라고 표기된 번호표를 달았다. 그래서 경기 중에 어쩌다 나란히 달리게 되더라도 다른 참가자들이 불쾌하게 여기거나 불평하는 일이 없었다.

"이제 운동장으로 내려가도 괜찮을 것 같아. 슬슬 나가 봅시

다.”

사카노 아저씨는 이렇게 말하고는 자기 파트너인 아키다 아줌마와 함께 운동장으로 먼저 내려갔다.

“우리도 내려갈까?”

사쿠는 챙이 달린 모자를 쓴 뒤, 롱 패딩과 바람막이를 비닐 주머니에 넣어 배낭과 함께 벤치에 올려 두었다.

“그래, 미리 몸을 좀 움직여 두는 게 좋으니까. 아, 개회식이 이십 분도 안 남았네?”

그때 우치무라 아저씨가 끼어들었다.

“그렇게 서두를 거 없어.”

“아직 준비 운동도 못 해서요. 그쪽 팀도 여유 부리지 말고 서두르는 게 좋을걸요.”

아키는 짐짓 냉랭한 목소리로 대꾸했다. 우치무라 아저씨는 뚜두둑 소리 나게 목을 좌우로 돌렸다.

“개회식 때 몸을 풀면 돼. 개회식 내내 서 있는 게 얼마나 따분한데…….”

“그래도 돼요?”

사쿠가 놀란 듯이 묻자 우치무라 아저씨가 고개를 끄덕였다.

“다 그렇지, 뭐. 개회식은 이십 분 가까이 진행돼. 게다가 10킬로미터 팀은 개회식이 끝나자마자 출발하지. 근데 이십 분 내내 멍하니 듣고만 있다가는 몸이 굳어서 제대로 뛰기 힘들걸.”

"그렇겠네."

아키가 무심코 중얼거렸다. 우치무라 아저씨가 히죽거리며 말했다.

"아, 웬일로 오늘은 이렇게 고분고분할까?"

아키는 우치무라 아저씨 말을 못 들은 체하며 사쿠에게 말을 건넸다.

"화장실 갔다 오자."

"그래그래, 얼른 갔다 와. 오줌 싸는 줄도 길 테니까."

우치무라 아저씨가 놀리듯 말하자 사쿠가 피식 웃으면서 대꾸했다.

"먼저 갈게요."

"서로 열심히 하자고."

등 뒤에서 우치무라 아저씨가 큰 소리로 외쳤다.

"저 꼰대는 볼 때마다 짜증나."

아키는 쯧, 하고 혀를 찼다. 말은 그렇게 해도, 사쿠가 듣기에는 이전처럼 가시 돋친 말투는 아니었다.

운동장 입구에 이르렀을 때, 준비 운동을 하던 사카노 아저씨가 사쿠와 아키를 발견하고 뛰어왔다.

"사쿠, 만났어?"

"예?"

사쿠는 무슨 말인지 몰라 고개를 갸웃거렸다. 사카노 아저씨가 허리에 맨 가방에서 자그마한 주머니를 꺼내 사쿠의 손에 올려 주었다.

"이거, 아즈사가 전해 달라던데."

"아즈사가 여기 왔어요?"

"응, 아까 운동장에 내려가다가 딱 마주쳤지. 관중석 출발 게이트 앞쪽에 있으니 가 보라고 알려 줬는데, 아무래도 서로 엇갈린 모양이군. 혹시 못 만날지도 모른다고 아즈사가 대신 전해 달라고 해서."

"고맙습니다."

사쿠의 손끝에 직사각형의 얇은 천 조각이 만져졌다. 아키가 물었다.

"오마모리(작은 주머니에 소원 성취 등의 의미가 담긴 글귀를 새긴 부적—옮긴이)야?"

"어, 응."

사쿠는 주머니에서 같은 것을 하나 더 꺼내 아키에게 주었다.

"이건 네 건가 보다."

"내 것도 있어?"

"이야 부러운걸, 여자 친구 응원도 받고 말이야. 어쨌든 난 확실히 전해 줬어."

사카노 아저씨는 이렇게 말하고는 서둘러 발길을 돌렸다.

"난 아즈사 누나가 올 줄 알았다니까. 형도 그렇게 생각했지?"

"아니, 나 때문에 아즈사가 무리하는 건 싫거든."

아키는 목을 뚜두둑 소리가 나게 돌리고서 오마모리를 주머니에 넣었다.

"그런 점이 형답긴 한데……, 좀 얄미운 거 알아?"

"얄미워?"

"무리하지 않길 바라는, 그런 마음 씀씀이나 자상함 같은 거말야."

"같은 거라니, 어째 말에 가시가 돋쳐 있는 것 같은데? 나는 그냥 귀찮게 하기 싫을 뿐이야. 아즈사의 발목을 잡게 되거나, 아즈사가 나 때문에 뭔가를 포기하게 되는 걸 바라지 않아."

사쿠의 눈동자가 가늘어졌다.

"아즈사 걔, 원래는 지금보다 더 이기적이고 고집도 셌어. 그러면서 외로움은 또 얼마나 많이 타는지……. 그런데 지금은 그런 모습을 꽁꽁 숨기고 있거든. 아즈사는 지금 엄청 무리하고 있는 거야."

"그런 걸 말야."

등 뒤에서 낯익은 목소리가 들리자 사쿠는 화들짝 놀라 몸을 틀었다.

"아즈사."

아키는 사쿠와 아즈사를 번갈아 보며 뒤로 슬쩍 물러섰다.

"아는지 모르겠는데, 그런 걸 성장이라고 하는 거야."

아즈사의 말에 사쿠는 숨을 죽였다.

"네가 남을 귀찮게 하고 싶지 않아 한다거나, 뭐든 혼자 힘으로 하고 싶어 하는 건 이해하겠는데……. 귀찮게 하거나 도움을 받거나 격려를 받는 게 그렇게 안 좋은 일일까? 의지하는 것과 귀찮게 하는 건 달라. 오히려 옆에 있으면서 의지해 주지 않는 게 더……. 사쿠, 넌 그 기분을 전혀 몰라."

아즈사는 사쿠의 손에 들린 오마모리를 보고는 표정이 한결 부드러워졌다.

"사카노 아저씨가 전해 줬나 보네?"

"아, 응."

사쿠는 멋쩍은 듯 고개를 숙였다가 얼굴을 들었다.

"아빠 배웅은 어쩌고?"

"집에서 끝냈어. 공항까지 가면 마음이 더 헛헛해질 거라고 따라오지 말래서."

아즈사는 사쿠의 어깨에 손을 얹었다.

"난 관중석에서 응원할게."

사쿠는 고개를 끄덕이며 손에 쥐고 있던 오마모리를 흔들었다.

"이거, 고마워."

"그럼 이따 봐."

관중석 쪽으로 걸음을 옮기던 아즈사는 갑자기 멈춰 서서 뒤를 돌아보았다.

"아키!"

"어, 왜?"

아키가 눈을 크게 떴다.

"나는 얄미운 사쿠도 좋아해."

아즈사는 활짝 웃으며 발길을 돌렸다.

"……아즈사 누나, 참 대단하네."

"동감."

사쿠의 나직한 한 마디에 둘 다 웃음을 터뜨렸다.

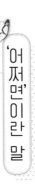

'어쩌면'이란 말

가볍게 몸을 풀고 나서 운동장 가장자리를 천천히 뛰었다. 아키는 달리기 시작하자마자 사쿠에게 경기장 트랙을 머릿속에 미리 그려 놓으라고 일러 두었다. 출발 직후에는 참가자들이 한데 뭉쳐 있어서 달리기가 불편한 데다, 환호성을 비롯해 온갖 소리가 뒤섞여 목소리를 알아듣기가 힘들 수 있을 듯해서였다.

"9시 방향에 첫 번째 곡선 코스가 있어. 거기서부터 60미터쯤 직선 코스가 이어지고, 그다음에는 왼쪽으로 완만하게 돌면서 진구가이엔을 둘러싸고 있는 원형 코스로 나가. 운동장에는 사람이 많아서 달리기 힘들겠지만 밖으로 나가면 뿔뿔이 흩어져서 괜찮을 거야."

"알았어."

운동장에는 이미 수많은 참가자들이 나와서 저마다 준비 운동을 하고 있었다. 한쪽에 설치된 무대에서는 이미 개회식이 시작되어 주최자와 내빈 인사가 이어졌다. 인사말이 끝날 때마다 박수 소리가 터져 나왔다.

아키가 한 바퀴를 돌 때마다 신호를 보냈다. 세 바퀴째 돌 즈음에는 사쿠의 머릿속에 곡선 코스의 각도와 거리감이 얼추 그려졌다.

"마지막 한 바퀴, 속도 좀 올려 볼까?"

사쿠는 고개를 끄덕이며 상체를 앞으로 약간 숙였다. 속도가 금세 올라갔다. 휘익, 몸이 바람을 가르며 가볍게 나아갔다.

"10미터 앞, 왼쪽 곡선 코스!"

끈이 움직이는가 싶더니 곧장 곡선 코스로 들어섰다. 오늘 끈의 신호는 단호했다. 사쿠는 몸을 안쪽으로 살짝 기울인 채로 계속 뛰었다.

"직선 코스."

팽팽하던 끈이 느슨해졌다. 완만하게 굽은 곡선 코스가 왼쪽으로 이어졌다.

"마지막 30초. 실전에선 여기서부터 밖으로 나가."

아키는 또박또박 지시를 하면서 곁눈질로 사쿠를 연신 살폈다.

"3, 2, 1."

아키가 1을 셌을 때, 사쿠는 몸의 힘을 빼고 트랙의 가장자리로 천천히 걸어갔다. 등에 땀이 배어났다.

어느덧 개회식이 끝나고, 식장 안에는 경쾌한 음악이 흘러나왔다. 축제처럼 흥겹고 떠들썩한 분위기 속에서 사쿠는 차분하게 호흡을 가다듬었다.

"이제 그만 저리로 가서 줄을 설까?"

아키의 말에 둘은 출발 게이트로 향했다.

"아, 사카노 아저씨 팀이다. 꽤 앞쪽에 있는데?"

아키가 까치발을 들고 앞을 보면서 말했다.

"아키다 아줌마는 미리 준비해 두는 유형인가 보네."

"그리고 보니까, 오늘도 약속 시간보다 훨씬 일찍 왔어. 준비 운동도 빨리 시작했고."

사쿠는 소리 없이 미소를 지었다.

"사카노 아저씨는 그런 면에서 참 섬세한 사람이야."

"……근데 형, 사카노 아저씨가 무엇을 목표로 하는지 들은 적 있어? 가이드 러너로서 말야."

"응? 아니."

아키는 고개를 가로젓는 사쿠를 보며 싱긋 웃었다.

"같이 달린 러너가 다음에도 같이 달리고 싶어 할 정도의 경기를 펼치는 거래."

"아, 그래?"

"목표한 기록을 내는 것도, 순위권에 드는 것도, 하다못해 완주하는 것도 아니고 말이지."

"사카노 아저씨답네. 하긴 달리는 목적이나, 이유는 저마다 다 다를 테니까."

아키는 사쿠의 옆얼굴을 보며 히죽 웃었다.

"그래도 목표는 결승선이지. 그건 누구나 마찬가지야."

쿵! 사쿠의 가슴 깊은 곳에서 둔탁한 소리가 났다. 결승선⋯⋯.

"형?"

아키는 팔꿈치로 사쿠의 팔을 쿡 찔렀다.

"왜 그래? 배라도 아파? 혹시 긴장한 거야?"

출발 게이트로 가는 러너들이 멈춰 선 두 사람 옆을 슥슥 스쳐 지나갔다.

결승선. 나는 어떤 결승선을 향해 가고 있는가? 어떤 결승선을 향해 온 거지? 결승선이 보이지 않는다. 아니, 보일 리가 없다.

사쿠는 입술을 깨물었다. 처음부터 알고 있었다. 애초에 잘못된 방향을 향해 뛰었으니까. 그걸 알면서도 줄곧 모른 척하며 외면해 왔다. 그런 자신을 좋은 말로 포장하고 정당화하려 했다. 상처받지 않으려고, 더러워지지 않으려고 애써 모르는 척하는 사이에 그것은 어느덧 의식에서 서서히 지워졌다.

사쿠는 목에 손을 얹고 숨을 들이마셨다. 목울대가 바르르 떨렸다. 이대로 아무렇지 않은 척하며 아키를 곁에 잡아 둔다고 한

들 무엇이 남을까? 아마도 후회뿐이겠지.

"미안."

"어, 왜?"

사쿠의 호흡이 얕아졌다.

"아키 너, 언젠가 말했지? 나더러 위선자라고."

"으응?"

"그 말 맞아. 너, 육상 그만둔 거 알았을 때 화가 많이 났어."

그때는 사쿠도 화가 난 까닭을 정확히 알지 못했다. 구태여 생각해 보려고 하지도 않았다. 다만 불같이 화가 치밀었다.

"난 널 달리게 할 생각으로 시각 장애인 마라톤을 시작했어."

"그건 나도 알아. 형이 날 위해서……."

"아니."

사쿠는 말을 끊고 이내 되풀이했다.

"아니라고! 그렇게 생각한다고 믿고 싶었을 뿐이야. 그런 식으로 나 자신을 속여 왔어."

아키의 눈이 커졌다.

"난 네가 생각하는 것처럼 좋은 형도 아니고, 남을 배려할 줄 아는 사람도 아냐. 질투도 하고, 후회도 하고, 원망도 해. 심지어 너한테도."

"됐어! 말 안 해도 돼. 지금 왜 그런 말을 하는데? 하필 왜 지금!"

"지금이니까."

지금이 아니면 말하지 못할 테니까. 또 모른 척하고 넘어가 버리릴 게 분명했다. 아마도 도망쳐 버릴 거다.

"형이 무슨 말을 하는지 하나도 모르겠어."

아키의 목소리가 갈라졌다.

"너한테 왜 같이 뛰어 달라고 부탁했는지 알아? 내 옆에서 뛰면 네가 괴로워할 걸 알아서였어."

아키한테 상처를 주고 싶었다. 실명한 건 아키 탓이 아닌데도……. 그냥 사고였다. 운이 나빴을 뿐이었다. 머리로는 알고 있었다. 하지만 병원에 누워 있으면서도, 집을 떠나 있으면서도 '어쩌면'이란 단어가 끊임없이 머릿속에서 맴돌았다.

아키를 탓하다니, 내가 미친 거다. 그런 생각을 하다니, 머리가 이상해진 거 아닌가. 수없이 스스로를 의심했다. 하지만 머리가 이해한다고 해서 마음까지 그럴 수 있는 건 아니었다. 아무리 애를 써서 지워도 '어쩌면'이란 단어는 끊임없이 되살아났다.

어쨌거나 시간이 지나면서 일상생활을 다시 할 수 있게 되었다. 시력에 의지하지 않고 살아가는 것에도 자못 익숙해졌다. '어쩌면'이 불쑥 떠오르는 일도 거의 없어졌다. 그러니 이제는 집에 돌아가도 가족에게 짐이 되지 않고 생활할 수 있을 듯했다. 아키를 보아도 감정이 요동치지 않을 줄 알았다. 그런데 아즈사에게서 아키가 육상을 그만두었다는 말을 듣는 순간, 시곗바늘이 거꾸로 돌아가고 말았다.

내가 시력을 잃은 대신에 아키는 육상을 그만두었다. 그러고도 남을 녀석이란 건 이미 알고 있었다. 하지만 뒤집어 생각해 보면, 단지 자기 마음 편하자는 속셈이 아닌가? 소중한 것을 내려놓고, 그것을 잃음으로써 나와 같은 고통을 감내하고 있다고 생각하겠지.

그땐 그런 아키를 끔찍이 혐오했다. 아키를 달리게 하겠다. 달리는 것을 다시 갈망하게 해 주리라. 무언가를 빼앗기는 고통을 아키가 맛보기를 진심으로 원했다.

하지만 정작 모르고 있었던 것은 오히려 나 자신이었다. 나는 아키의 고통을 모르고 있었다. 알려고 하지도 않았다.

"그만하려고."

"뭐?"

"더는 너랑 안 뛰어. 내 멋대로 굴고 있단 거 알아. 근데 더는 나 자신한테 환멸을 느끼고 싶지 않아."

아키는 사쿠 손에 있는 끈을 꼭 움켜쥐었다.

"형이 달리겠다고 한 이유 따위는 상관없잖아. 형이 신이라도 돼? 사람이니까 별별 생각을 다 할 수 있는 거지. 내가 형이었으면 어땠을 거 같아? 다른 사람한테 화풀이하고, 손에 잡히는 대로 때려 부수고, 남한테 상처 주면서 내 안에 갇혀 지냈을 거야. 결국 아무것도 못 했을걸. 형이 그런 생각을 한 건 아주 당연해."

아키는 숨도 쉬지 않고 말을 쏟아 냈다.

"그리고 계속 그런 생각만 한 건 아니잖아."

사쿠의 입술이 실룩거렸다.

"난 알 수 있어. 매일 함께 달렸으니까. 형이 같이 달리자고 했을 때 정말 싫었어. 근데 지금은 잘했다고 생각해. 형이 부탁하지 않았다면, 난 분명 아직도 형한테서도, 달리는 것에서도 도망치고 있었을 테니까."

"그러니까 그건……."

"아니."

아키는 고개를 저었다.

"가이드 러너를 하겠다고 한 뒤에도 내내 형을 위해서 달린다고 핑계 대면서 나 자신을 속여 왔어. 그래야 마음이 편했으니까. 난 가이드 러너로서 자격이 없어. 실수도 했잖아. 역시 난 나를 위해서 뛴 거야. 형과 함께 달린 건 형을 위해서가 아니야. 나를 위해서였다고!"

아키는 끈을 고쳐 잡았다. 달리는 건 고독하다. 죽을 만큼 괴롭고 힘들다. 그렇다고 누구의 도움을 받을 수 있는 것도 아니다. 더 이상 달릴 수 없을 땐 그 자리에 멈춰 쓰러질 뿐이다.

시각 장애인이라고 다를 건 없다. 둘이서 달린다 해서 가이드 러너가 지탱해 주는 게 아니다. 손을 잡아끌지도, 등을 밀어 주지도, 대신 달려 주지도 않으니까.

둘이서 달려도 그건 마찬가지다. 달리는 건 역시 고독하다. 고독하지만 자유롭다.

"가자."

"난⋯⋯."

"결승선 앞에서라면 몰라도, 여기서 기권한다는 말은 제발 하지 마."

아키는 사쿠의 팔을 잡고 출발선으로 나아갔다. 음악 소리가 떠들썩하게 울렸다. 흐린 하늘 아래, 수백 명의 러너들이 출발선 앞에서 몸을 풀거나 잡담을 하며 출발 신호가 떨어지기를 기다렸다.

몇 줄 앞에 서 있는 우치무라 아저씨가 보였다. 아키는 그 등을 뚫어지게 바라보았다. 저 사람도 달리는 걸 그만둔 적이 있다고 했다. 스스로 버린 길이었지만 다시 그 위를 달리고 있다. 나도 마찬가지다.

"아무리 생각해도 난 달리는 게 좋아."

사쿠는 아키의 말에 작게 고개를 끄덕였다. 뺨에 닿는 햇살의 감촉을 느끼고 하늘을 올려다보았다.

"형, 전에 말했지? '아키, 넌 나에게 많은 걸 보여 줘.'라고. 그 말 듣고 진짜 기뻤어. 난 항상 형한테 도움이 되고 싶었거든."

사쿠는 아키의 말을 들으며 눈을 지그시 감았다. 뿌연 안개처럼 엷게 낀 구름 사이로 한줄기 빛이 새어 나왔다. 사쿠의 어깨가 작게 흔들렸다.

"그런데 사실은 그 반대였어. 내가 볼 수 없었던 걸 형이 보게 해 줬거든."

사쿠는 놀랐는지 아키 쪽으로 얼굴을 돌렸다.

"나는 달리고 싶어. 달릴 거야, 도망치지 않고 달릴 거라고. 그 래서 강해질 거야."

"출발 30초 전입니다."

운동장에 확성기 소리가 울려 퍼졌다. 이야기 소리와 웃음소리로 시끌벅적하던 운동장이 순식간에 조용해졌다.

"강해져서 형하고도 또 달릴 거야."

사쿠는 복받쳐 오르는 감정을 억누르려고 다시금 하늘을 올려다보았다. 두꺼운 구름을 억지로 벌어 놓은 듯 파란 하늘이 넓게 펼쳐져 있었다.

물론 보일 리 없었다. 하지만 그 광경은 사쿠의 마음속에 또렷이 그려졌다. 사쿠는 크게 숨을 내쉬고 고개를 끄덕인 뒤 정면을 바라보았다. 그리고 끈을 고쳐 잡았다.

"준비!"

잠깐의 정적 후, 출발 신호가 울렸다.

"땅!"

12월 31일의 기억

첫판 1쇄 펴낸날 2022년 8월 12일
4쇄 펴낸날 2024년 4월 30일

지은이 이토 미쿠 **옮긴이** 고향옥
발행인 김혜경 **편집인** 김수진
주니어 본부장 박창희
편집 박진홍 정예림 강민영
디자인 전윤정 김혜은
마케팅 최창호 **홍보** 김인진
경영지원국 안정숙
회계 임옥희 양여진 김주연

펴낸곳 (주)도서출판 푸른숲
출판등록 2003년 12월 17일 제2003-000032호
주소 경기도 파주시 심학산로 10, 우편번호 10881
전화 031) 955-9010 **팩스** 031) 955-9009
인스타그램 @psoopjr **이메일** psoopjr@prunsoop.co.kr
홈페이지 www.prunsoop.co.kr

ISBN 979-11-5675-333-9 44830
    978-89-7184-419-9 (세트)